Tucholsky Wagner Zola Scott Sydow Freud Schlegel
Turgenev Wallace Fonatne

Twain Walther von der Vogelweide Fouqué Friedrich II. von Preußen
Weber Freiligrath Frey
Kant Ernst
Fechner Fichte Weiße Rose von Fallersleben Richthofen Frommel
Hölderlin
Engels Fielding Eichendorff Tacitus Dumas
Fehrs Faber Flaubert
Eliasberg Ebner Eschenbach
Feuerbach Maximilian I. von Habsburg Fock Eliot Zweig
Ewald Vergil
Goethe Elisabeth von Österreich London
Mendelssohn Balzac Shakespeare
Lichtenberg Rathenau Dostojewski Ganghofer
Trackl Stevenson Doyle Gjellerup
Mommsen Tolstoi Hambruch
Thoma Lenz Hanrieder Droste-Hülshoff
Dach Verne von Arnim Hägele Hauff Humboldt
Reuter Rousseau Hagen Hauptmann Gautier
Karrillon Garschin
Damaschke Defoe Hebbel Baudelaire
Descartes
Hegel Kussmaul Herder
Wolfram von Eschenbach Dickens Schopenhauer
Bronner Darwin Melville Rilke George
Grimm Jerome Bebel
Campe Horváth Aristoteles Proust
Bismarck Vigny Barlach Voltaire Federer Herodot
Gengenbach Heine
Storm Casanova Tersteegen Gilm Grillparzer Georgy
Chamberlain Lessing Langbein Gryphius
Brentano Lafontaine
Strachwitz Claudius Schiller Kralik Iffland Sokrates
Katharina II. von Rußland Bellamy Schilling
Gerstäcker Raabe Gibbon Tschechow
Löns Hesse Hoffmann Gogol Wilde Gleim Vulpius
Luther Heym Hofmannsthal Morgenstern
Klee Hölty
Roth Heyse Klopstock Goedicke
Luxemburg Puschkin Homer Kleist
La Roche Horaz Mörike Musil
Machiavelli
Navarra Aurel Musset Kierkegaard Kraft Kraus
Nestroy Marie de France Lamprecht Kind Kirchhoff Hugo Moltke
Nietzsche Nansen Laotse Ipsen Liebknecht
Marx Ringelnatz
von Ossietzky Lassalle Gorki Klett Leibniz
May vom Stein Lawrence Irving
Petalozzi Platon Knigge
Sachs Pückler Michelangelo Kafka
Poe Liebermann Kock
de Sade Praetorius Mistral Zetkin Korolenko

Idyllen

Salomon Geßner

Impressum

Autor: Salomon Geßner
Umschlagkonzept: toepferschumann, Berlin

Verlag: tradition GmbH, Hamburg
ISBN: 978-3-8424-0508-0
Printed in Germany

Text der Originalausgabe

Salomon Geßner

Idyllen

An den Leser

Diese Idyllen sind die Früchte einiger meiner vergnügtesten Stunden; denn es ist eine der angenehmsten Verfassungen, in die uns die Einbildungs-Kraft und ein stilles Gemüth setzen können, wenn wir uns mittelst derselben aus unsern Sitten weg, in ein goldnes Weltalter setzen. Alle Gemählde von stiller Ruhe und sanftem ungestöhrtem Glük, müssen Leuten von edler Denkart gefallen; und um so viel mehr gefallen uns Scenen die der Dichter aus der unverdorbenen Natur herholt, weil sie oft mit unsern seligsten Stunden, die wir gelebt, Ähnlichkeit zu haben scheinen. Oft reiß ich mich aus der Stadt los, und fliehe in einsame Gegenden, dann entreißt die Schönheit der Natur mein Gemüth allem dem Ekel und allen den wiedrigen Eindrüken, die mich aus der Stadt verfolgt haben; ganz entzükt, ganz Empfindung über ihre Schönheit, bin ich dann glüklich wie ein Hirt im goldnen Weltalter und reicher als ein König.

Die Ekloge hat ihre Scenen in eben diesen so beliebten Gegenden, sie bevölkert dieselben mit würdigen Bewohnern, und giebt uns Züge aus dem Leben glüklicher Leute, wie sie sich bey der natürlichsten Einfalt der Sitten, der Lebens-Art und ihrer Neigungen, bey allen Begegnissen, in Glük und Unglük betragen. Sie sind frey von allen den Sclavischen Verhältnissen, und von allen den Bedürfnissen, die nur die unglükliche Entfernung von der Natur nothwendig machet, sie empfangen bey unverdorbenem Herzen und Verstand ihr Glük gerade aus der Hand dieser milden Mutter, und wohnen, in Gegenden, wo sie nur wenig Hülfe fordert, um ihnen die unschuldigen Bedürfnisse und Bequemlichkeiten reichlich darzubieten. Kurz, sie schildert uns ein goldnes Weltalter, das gewiß einmal da gewesen ist, denn davon kan uns die Geschichte der Patriarchen überzeugen, und die Einfalt der Sitten, die uns Homer schildert, scheint auch in den kriegerischen Zeiten noch ein Überbleibsel desselben zu seyn. Diese Dichtungs-Art bekömmt daher einen besondern Vortheil, wenn man die Scenen in ein entferntes Weltalter sezt; sie erhalten dardurch einen höhern Grad der Wahrscheinlichkeit, weil sie für unsre Zeiten nicht passen, wo der Landmann mit saurer Arbeit unterthänig seinem Fürsten und den Städten den Überfluß liefern muß, und Unterdrükung und Armuth ihn ungesittet und schlau und niederträchtig gemacht haben. Ich will damit nicht läugnen, daß ein Dichter, der sich ans Hirten-Gedicht wagt, nicht sonderbare Schönheiten aussparen kann, wenn er die Denkungsart und die Sitten des Landmanns bemerket, aber er muß diese Züge mit feinem Geschmak wählen, und ihnen ihr Rauhes zu benehmen wissen, ohne den ihnen eigenen Schnitt zu verderben. Ich habe den Theokrit immer für das beste Muster in dieser Art Gedichte gehalten. Bey ihm findet man die Einfalt der Sitten und der Empfindungen am besten ausgedrükt, und das Ländliche und die schönste Einfalt der Natur; er ist mit dieser bis auf die kleinsten Umstände bekannt gewesen; wir sehen in seinen Idyllen mehr als Rosen und Lilien; Seine Gemählde kommen nicht aus einer Einbildungs-Kraft, die nur die bekanntesten und auch dem Unachtsamen in die Augen fallenden Gegenstände häuft; sie haben die angenehme Einfalt der Natur, nach der sie allemal gezeichnet zu seyn scheinen. Seinen Hirten hat er den höchsten Grad der Naivität gegeben, sie reden Empfindungen, so wie sie ihnen ihr unverdorbenes Herz in den Mund legt, und aller Schmuk der Poesie ist aus ihren Geschäften und aus der ungekünstelten Natur hergenommen. Sie sind weit von dem Epigrammatischen Witz entfernt, und von der schulgerechten Ordnung der Sätze; er hat die schwere Kunst gewußt, die angenehme Nachlässigkeit in ihre Gesänge zu bringen, welche die Poesie in ihrer ersten Kindheit muß gehabt haben; er wußte ihren Liedern die sanfte Mine der Unschuld zu geben, die sie haben müssen, wenn die einfältigen Empfindungen eines unverdorbenen Herzens eine Phantasie befeuern, die nur mit den angenehmsten Bildern aus der Natur angefüllt ist. Zwar ist gewiß, daß die noch weniger verdorbene Einfalt der Sitten zu seiner Zeit, und die Achtung die man damals noch für den Feldbau hatte, die Kunst ihm erleichtert hat. Der zugespizte Witz war noch nicht Mode, sie hatten mehr Verstand und Empfindung für das wahre Schöne, als Witz.

Mir deucht, das ist die Probe darüber, daß Theokrit in seiner Art fürtreflich sey, weil er nur wenigen gefällt; denen kan er nie gefallen, die nicht für jede Schönheit der Natur, bis auf die kleinsten Gegenstände, empfindlich sind, denen, deren Empfindungen einen falschen Schwung genommen haben, und einer Menge von Leuten, die ihre Bestimmung in einer falsch-ekeln Galanterie finden. Denen ekelt vor dem Ländlichen, ihnen gefallen nur Hirten, die so geziert denken wie ein witziger Dichter, und die aus ihren Empfindungen eine schlaue Kunst zu machen wissen. Ich weiß nicht, ob die meisten neuern entweder zu bequem gewesen sind, mit der Natur und den Empfindungen der Unschuld sich genauer bekannt zu machen, oder ob es Gefälligkeit für unsre umgearteten Sitten ist, in der Absicht sich allgemeinem Beyfall zu gewinnen, daß sie so weit sich von dem Theokrit entfernen. Ich habe meine Regeln in diesem Muster gesucht, und es wird mir eine Versicherung der glüklichen Nachahmung seyn, wenn ich diesen Leuten auch mißfalle. Zwar weiß ich wol, daß einige wenige Ausdrüke und Bilder im Theokrit, bey so sehr abgeänderten Sitten uns verächtlich worden sind; dergleichen Umständgen habe ich auszuweichen getrachtet. Ich meyne aber hier nicht dergleichen, die ein französischer Übersetzer in dem Virgil nicht ausstehen konnte; die ich meyne, hat Virgil, der Nachahmer des Theokrit, selbst schon weggelassen.

Geßner.

An Daphnen.

Nicht den blutbesprizten kühnen Helden, nicht das öde Schlachtfeld singt die frohe Muse; sanft und schüchtern flieht sie das Gewühl, die leichte Flöt' in ihrer Hand.

Gelokt durch kühler Bäche rieselndes Geschwäze und durch der heilgen Wälder dunkeln Schatten, irrt sie an dem beschilften Ufer, oder geht auf Blumen, in grüngewölbten Gängen hoher Bäume, und ruht im weichen Gras, und sinnt auf Lieder, für dich, für dich nur, schönste Daphne! Denn dein Gemüth voll Tugend und voll Unschuld, ist heiter, wie der schönste Frühlings-Morgen; So flattert muntrer Scherz und frohes Lächeln, stets um die kleinen Lippen, um die rothen Wangen, und sanfte Freude redet stets aus deinen Augen. Ja seit du Freund mich nennst, geliebte Daphne! seitdem umglänzt ein Sonnenschein von Freude, mein Leben vor mir her, und jeder Tag, gleicht einem hellen Lieder-reichen Morgen.

O wenn die frohen Lieder dir gefielen! die meine Muse oft dem Hirten abhorcht; auch oft belauschet sie in dichten Hainen, der Bäume Nymphen und den Ziegenfüß'gen Wald-Gott, und Schilfbekränzte Nymphen in den Grotten; und oft besuchet sie bemooste Hütten, um die der Landmann stille Schatten pflanzet, und bringt Geschichten her, von Großmuth und von Tugend, und von der immer frohen Unschuld. Auch oft beschleichet sie der Gott der Liebe, in grünen Grotten dichtverwebner Sträuche, und oft im Weidenbusch an kleinen Bächen. Er horchet denn ihr Lied, und kränzt ihr fliegend Haar, wenn sie von Liebe singt und frohem Scherz.

Diß, Daphne! diß allein, belohne meine Lieder, diß sey mein Ruhm, daß mir an deiner Seite, aus deinem holden Aug der Beyfall lächle. Den der nicht glüklich ist wie ich, begeistre der Gedanke, den Ruhm der späten Enkel zu ersingen; sie mögen Blumen auf sein Grabmal streun, und kühlen Schatten über den verwesnen Pflanzen!

Milon.

O Du! die du lieblicher bist, als der thauende Morgen, du mit den grossen schwarzen Augen; schön wallt dein dunkles Haar unter dem Blumenkranz weg, und spielt mit den Winden. Lieblich ists, wenn deine rothen Lippen zum Lachen sich öfnen, lieblicher noch, wenn sie zum Singen sich öfnen. Ich habe dich behorcht, Chloe! o ich habe dich behorcht! da du an jenem Morgen beym Brunnen sangest, den die zwo Eichen beschatten; böse daß die Vögel nicht schwiegen, böse daß die Quelle rauschte hab ich dich behorcht. Izt hab ich neunzehn Ernden gesehen, und ich bin schön und braun von Gesicht; oft hab ichs bemerkt daß die Hirten aufhörten zu singen und horchten, wenn mein Gesang durchs Thal hintönte, und deinen Gesang würde keine Flöte besser begleiten als meine. O schöne Chloe, liebe mich! Siehe, wie lieblich es ist, auf diesem Hügel in meinem Felsen zu wohnen! sieh wie das kriechende Epheu ein grünes Nez anmuthig um den Felsen herwebt, und wie sein Haupt der Dornstrauch beschattet. Meine Höle ist bequem, und ihre Wände sind mit weichen Fellen behangen, und vor den Eingang hab' ich Kürbisse gepflanzet, sie kriechen hoch empor und werden zum dämmernden Dach; Sieh wie lieblich die Quell' aus meinem Felsen schäumt, und hell über die Wasserkresse hin durch hohes Gras und Blumen quillt! unten am Hügel sammelt er sich zur kleinen See, mit Schilf-Rohr und Weiden umkränzt, wo die Nymphen bey stillem Mondschein oft nach meiner Flöte tanzen; wenn die hüpfenden Faunen mit ihren Crotalen[1] mir nachklappern. Sieh wie auf dem Hügel die Haselstaude zu grünen Grotten sich wölbt, und wie die Brombeer-Staude mit schwarzer Frucht um mich her kriecht, und wie der Hambutten-Strauch die rothen Beeren empor trägt, und wie die Apfelbäume voll Früchte stehn, von der kriechenden Reb' umschlungen. O Chloe! diß alles ist mein! wer wünschet sich mehr? Aber ach! wenn du mich nicht liebest, dann umhüllt ein dichter Nebel die ganze Gegend. O Chloe, liebe mich! Hier wollen wir dann ins weiche Gras uns lagern, wenn Ziegen an der felsichten Seite klettern, und die Schafe und die Rinder um uns her

---

[1] Crotalen, waren aufgespaltene Rohre, deren auf- und zuschlagen das Ton-Maaß des Gesanges und der andern Instrumente begleitete.

im hohen Grase watten; dann wollen wir über das weit ausgebreite-
te Thal hinsehn, ins glänzende Meer, wo die Tritonen hüpfen und
wo Phöbus von seinem Wagen steigt, und singen, daß es weit umher in den Felsen wiedertönt, daß Nymphen still stehn und hor-
chen, und die Ziegenfüssigten Wald-Götter.

So sang Milon der Hirt auf dem Felsen, als Chloe in dem Gebüsch
ihn behorchte; lächelnd trat sie hervor, und faßte dem Hirten die
Hand; Milon, du Hirt auf dem Felsen, so sprach sie, ich liebe dich
mehr als die Schafe den Klee, mehr als die Vögel den Gesang; führe
mich in deine Höle; süsser ist mir dein Kuß als Honig, so lieblich
rauscht mir nicht der Bach.

Idas. Mycon.

Sey mir gegrüßt Mycon! du lieblicher Sänger! Wenn ich dich sehe, dann hüpft mir das Herz vor Freude; seit du auf dem Stein beym Brunnen mir das Frühlings-Lied sangest, seitdem hab ich dich nicht gesehen.

Mycon. Sey mir gegrüßt Idas, du lieblicher Flötenspieler! Laß uns einen kühlen Ort suchen, und in dem Schatten uns lagern.

Idas. Wir wollen auf diese Anhöhe gehn, wo die grosse Eiche des Palemons steht, sie beschattet weit umher, und die kühlen Winde flattern da immer. Indeß können meine Ziegen an der jähen Wand klettern und vom Gesträuch reissen; sieh wie die grosse Eiche die schlanken Äste herum trägt, und kühlen Schatten ausstreut, laß hier bey den wilden Rosen-Gebüschen uns lagern, die sanften Winde sollen mit unsern Haaren spielen. Mycon! diß ist mir ein heilger Ort! O Palemon! diese Eiche bleibt deiner Redlichkeit heiliges Denkmal! Palemon hatte eine kleine Herde; er opferte dem Pan viele Schafe, o Pan! bat er, laß meine Herde sich mehren, so kan ich sie mit meinem armen Nachbar theilen, und Pan machte daß seine Herde in einem Jahr um die Helfte sich mehrte, und Palemon gab dem armen Nachbar die Helfte der ganzen Herde, und er opferte dem Pan auf diesem Hügel, und pflanzt' eine Eiche, und sprach: O Pan! dieser Tag sey mir heilig, an dem mein Wunsch sich erfüllte, segne die Eiche, daß ich jährlich in ihrem Schatten dir opfere; Mycon! soll ich dir das Lied singen, das ich immer unter dieser Eiche singe?

Mycon. Wenn du mir das Lied singest, dann will ich diese neun-stimmige Flöte dir schenken, ich selbst habe die Rohre mit langer Wahl am Ufer geschnitten, und mit wohlriechendem Wachs vereint.

Idas sang izt.

Die ihr euch über mir wölbt, schlanke Äste, ihr streut mit euerm Schatten, ein heiliges Entzüken auf mich; Ihr Winde, wenn ihr mich kühlt, dann ists als rauscht' eine Gottheit unsichtbar neben mir hin! Ihr Ziegen und ihr Schafe schonet, o schonet! und reißt das junge Epheu nicht vom weissen Stamm, daß es empor schleiche und grü-ne Kränze flechte, rings um den weissen Stamm. Kein Donnerkeil, kein reissender Wind soll dir schaden, hoher Baum! Die Götter wollens, du solt der Redlichkeit Denkmal seyn! Hoch steht sein Wipfel empor, es siehet ihn fernher der Hirt, und weist ihn ermahnend dem Sohn; es sieht ihn die zärtliche Mutter, und sagt Palemons Geschichte, dem horchenden Kind auf der Schooß. O pflanzt solche Denkmal' ihr Hirten! daß wir einst voll heilgen Entzükens, in dunkeln Hainen einhergehn.

So sang Idas, er hatte schon lange geschwiegen, und Mycon saß noch wie horchend, ach Idas! Mich entzükt der thauende Morgen, der kommende Frühling entzükt mich, noch mehr des Redlichen Thaten.

So sprach Mycon, und gab ihm die neunstimmige Flöte.

Daphnis

An einem hellen Winter-Morgen saß Daphnis in seiner Hütte; die lodernde Flammen angebrannter dürrer Reiser streuten angenehme Wärme in der Hütte umher, indeß daß der herbe Winter sein Stroh-Dach mit tiefem Schnee bedekt hielt; er sah vergnügt durch das enge Fenster über die wintrichte Gegend hin; Du herber Winter, so sprach er, doch bist du schön! Lieblich lächelt izt die Sonne durch die dünnbenebelte Luft über die Schnee-bedekten Hügel hin; wie glänzet der Schnee! Lieblich ists, wie aus dem Weissen empor die schwarzen Stämme der Bäume zerstreut stehn, mit ihren krummgeschwungenen unbelaubten Ästen, oder eine braune Hütte mit dem Schnee-bedekten Dach, oder wenn die schwarzen Zäune von Dorn-Stauden die weisse Ebene durchkreuzen; Schön ists wie die grüne Saat dort über das Feld hin die zarten Spizen aus dem Schnee empor hebt, und das Weiß mit sanftem Grün vermischt; Schön glänzen die nahen Sträuche, ihre dünnen Äste sind mit Duft geschmükt, und die dünnen umherflatternden Faden. Zwar ist die Gegend öde, die Herden ruhen eingeschlossen im wärmenden Stroh; nur selten sieht man den Fußtritt des willigen Stiers, der traurig das Brennholz vor die Hütte führt, das sein Hirt im nahen Hain gefällt hat; die Vögel haben die Gebüsche verlassen, nur die einsame Meise singet ihr Lied, nur der kleine Zaun-Schlüpfer hupfet umher, und der braune Sperling kömmt freundlich zu der Hütte und piket die hingestreuten Körner; Dort wo der Rauch aus den Bäumen in die Luft empor wallt, dort wohnet meine Phillis; Vielleicht sizest du izt beym wärmenden Feuer, das schöne Gesicht auf der unterstüzenden Hand, und denkest an mich, und wünschest den Frühling; Ach Phillis! wie schön bist du! Aber, nicht nur deine Schönheit hat mich zur Liebe gereizt; O wie liebt ich dich da! als dem jungen Alexis zwo Ziegen von der Felsen-Wand stürzten; er weinte, der junge Hirt, ich bin arm, sprach er, und habe zwo Ziegen verlohren, die eine war trächtig; ach! ich darf nicht zu meinem armen Vater in die Hütte zurük kehren. So sprach er weinend, du sahest ihn weinen, Phillis, und wischtest die mitleidigen Thränen vom Aug, und nahmest aus deiner kleinen Herde zwo der besten Ziegen; da Alexis, sprachst du, nimm diese Ziegen, die eine ist trächtig, und wie er vor Freude weinte, da weintest du auch vor Freude, weil du ihm geholfen hattest. O! sey immer unfreundlich Winter; meine Flöte soll doch nicht bestaubt in der Hütte hangen, ich will dannoch von meiner Phillis ein frohes Lied singen; zwar hast du alles entlaubt, zwar hast du die Blumen von den Wiesen genommen, aber du solt es nicht hindern, daß ich nicht einen Kranz flechte; Epheu und das schlanke Ewig-Grün mit den blauen Blumen will ich durch einander flechten, und diese Meise, die ich gestern fieng, soll in ihrer Hütte singen; ja ich will dich ihr heute bringen und den Kranz, sing ihr dann dein frohes Lied, sie wird freundlich lächelnd dich anreden, und in ihrer kleinen Hand die Speise dir reichen. O wie wird sie dich pflegen, weil du von mir kömmst!

Mirtil.

Bey stillem Abend hatte Mirtil noch den Mond-beglänzten Sumpf besucht, die stille Gegend im Mondschein und das Lied der Nachtigal hatten ihn in stillem Entzüken aufgehalten. Aber izt kam er zurük, in die grüne Laube von Reben vor seiner einsamen Hütte, und fande seinen alten Vater sanftschlummernd am Mondschein, hingesunken, sein graues Haupt auf den einen Arm hingelehnt. Da stellt er sich, die Arme in einander geschlungen, vor ihm hin. Lang stand er da, sein Blik ruhete unverwandt auf dem Greisen, nur blikt' er zuweilen auf, durch das glänzende Reblaub zum Himmel, und Freuden-Thränen rollten dem Sohn vom Auge.

O du! so sprach er izt, du, den ich nächst den Göttern am meisten ehre! Vater! wie sanft schlummerst du da! Wie lächelnd ist der Schlaf des Frommen! Gewiß gieng dein zitternder Fuß aus der Hütte hervor, in stillem Gebete den Abend zu feyren, und betend schliefest du ein. Du hast auch für mich gebetet, Vater! Ach wie glüklich bin ich! die Götter hören dein Gebet; oder warum ruht unsere Hütte so sicher in den von Früchten gebogenen Ästen, warum ist der Segen auf unserer Herde und auf den Früchten unsers Feldes? Oft wenn du bey meiner schwachen Sorge für die Ruhe deines matten Alters Freuden-Thränen weinst; wann du dann gen Himmel blikest und freudig mich segnest, ach was empfind ich dann, Vater! Ach dann schwellt mir die Brust, und häufige Thränen quillen vom Auge! Da du heut an meinem Arm aus der Hütte giengest, an der wärmenden Sonne dich zu erquiken, und die frohe Herde um dich her sahest und die Bäume voll Früchte, und die fruchtbare Gegend umher, da sprachst du, meine Haare sind unter Freuden grau geworden, seyd immer gesegnet, Gefilde! nicht lange mehr wird mein dunkelnder Blik euch durchirren, bald werd ich euch an seligere Gefilde vertauschen. Ach Vater! bester Freund! bald soll ich dich verliehren, trauriger Gedanke! Ach! dann – – dann will ich einen Altar neben dein Grab hinpflanzen, und dann, so oft ein seliger Tag kömmt, wo ich Nothleidenden Gutes thun kann, dann will ich, Vater! Milch und Blumen auf dein Grabmal streun.

Izt schwieg er, und sah mit thränendem Aug auf den Greisen; wie er lächelnd da liegt und schlummert! sprach er izt schluchzend, es sind von seinen frommen Thaten im Traum vor seine Stirne gestiegen. Wie der Mondschein sein kahles Haupt bescheint und den glänzend weissen Bart! O daß die kühlen Abendwinde dir nicht schaden und der feuchte Thau! izt küßt er ihm die Stirne, sanft ihn zu weken und führt ihn in die Hütte um sanfter auf weichen Fellen zu schlummern.

Lycas und Milon.

Der junge Sänger Milon; denn auf seinem zarten Kinn stunden die Haare noch selten, so wie das zarte Gras im jungen Frühling aus spätgefallenem Schnee nur selten vorkeimt; und Lycas mit dem schöngelokten Haar, gelb wie die reife Saat, kamen zusamen mit der blökenden Herde, hinter dem Buchwald. Sey mir gegrüßt Lycas, sprach der Sänger Milon und bot ihm die Hand, sey mir gegrüßt, laß in den Buchwald uns gehn, indeß irrt unsere Herde im fetten Gras am Teich, mein wacher Hund wirds nicht zugeben daß sie sich zerstreue.

Lycas. Nein Milon, wir wollen hier unter dem gewölbten stozigten Felsen uns sezen, es liegen da heruntergerissene Stüke mit sanftem Moos bedekt. Dort ists lieblich und kühl, sieh wie der klare Bach staubend ins wankende Gesträuche sich stürzt, er rieselt unter ihrem Gewebe hervor, und eilt in den Teich. Hier ists lieblich und kühl, laß auf die bemoosten Steine uns sezen, dann steht der Schatten des Buchwalds dunkel gegen uns über.

Und izt giengen sie und sezten sich unter dem Felsen auf die bemoosten Steine: Und Milon sprach, lang schon, du Flötenspieler Lycas, lang schon hab ich deinen Gesang loben gehört, laß uns einen Wettgesang singen, denn auch mir sind die Musen gewogen; jenes junge Rind will ich zum Preis dir sezen, es ist schön geflekt, schwarz und weiß.

Lycas. Und ich, ich seze die beste Ziege aus meiner Herde, samt ihrem Jungen, dort reißt sie das Epheu von der Weide am Teich, das muntre Junge hüpft neben ihr. Aber Milon, wer soll Richter seyn? Soll ich den alten Menalkas rufen? Sieh er leitet die Quelle in die Wiese am Buchwald; er versteht den Gesang. Izt riefen die jungen Hirten dem Menalkas, und er kam und sezte sich zu den Knaben auf einen weich-bemoosten Stein, und Milon hub den Gesang an.

Milon. Selig ist der zu preisen, der die Gunst der Musen hat. Wenn uns das Herz von Freuden hüpft, wie lieblich ist es dann ein Lied zu singen, der Echo und dem Hain! Nie entsteht mir ein liebliches Lied, wenn mich der Mondschein entzükt, oder des Morgens Rosenfarbe. Auch weiß ich daß der Gesang die trüben Stunden

heiter macht. Denn mir sind die Musen gewogen, und jene schnee-
weisse Ziege ist ihnen zum Opfer bestimmt, bald will ich sie, die
Hörner mit Blumen umkränzt, opfern, und neue Loblieder singen.
Lycas. Als stammelndes Kind saß ich dem Vater auf dem Schooß,
und wenn er ein Lied auf der Rohrflöte blies, denn horcht ich schon
aufmerksam zu und lallt' es ihm nach. Oder lächelnd nahm ich die
Flöt' ihm vom Mund, und blies gebrochene Töne hervor. Aber bald
erschien Pan mir im Traum. Jüngling, so sprach er, geh in den Hain
und hole die Flöte die der Sänger Hylas an die mir geheiligte Eiche
hieng, du bist es werth ihm nachzuspielen. Erst gestern hab ich ihm
Sprossen von meinen neugepfropfeten Bäumen gebracht, und einen
Krug voll Öl und einen Krug voll Milch vor ihm ausgegossen.

Milon. Auch die Liebe begeistert zu Gesängen, mehr als das helle
Morgenroth, mehr als der liebliche Schatten, mehr als der Schimmer
des Monds. O wenn ein tugendhaft Mädchen unsre Lieder lobt!
Wenn es unsre Lieder mit sanftem Lächeln belohnt, oder mit einem
Kranz! Seit Daphne ihren Freund mich nennt, seitdem ists in mei-
nem Herzen so helle wie in dieser Gegend voll Sonnenschein im
Frühling, seitdem sing ich bessere Lieder; Daphne, die sanft lächelt
wie die milde Ceres, und weise ist wie die Musen.

Lycas. Ach! mein Herz ist lange frey von Liebe geblieben, da sang
ich ruhig nichts als frohe Lobgesänge den Göttern, oder von der
Pflege der Herde, oder vom Pfropfen der Bäume, oder vom Warten
des Weinstokes. Aber seit ich Chloen sah, die unempfindliche
Chloe, seitdem sing ich nur Trauerlieder, seitdem stöhrt Wehmuth
jede meiner Freuden. Bald hätt' ich meine Liebe besiegt, nur selten
kam sie in mein Herze zurük. Aber ach! ich werde sie nicht wieder
besiegen, seit ich Chloen beym blühenden Schlehenbusch sah und
ihren Gesang hörte; muthwillige Zephirs schwermten im Busch und
rissen die weissen Blüthen weg, und streuten sie auf Chloen hin,
und ahmeten den besiegten Winter mit seinen Floken nach.

Milon. Dort wo der schwarze Tannenwald steht, dort rieselt ein
Bach aus Stauden hervor, dorthin treibt Daphne oft ihre Herde.
Jüngst hab ich, als das Morgenroth kam, den ganzen Ort mit Kränzen geschmükt, flatternd hiengen sie von einer Staude zur andern,
und wanden sich um ihre Stämme, da war es wie ein Heiligthum
des Frühlings oder der freundlichen Venus. Ich will izt noch unsere

Namen in diese Fichte schneiden, sprach ich, und dann will ich mich in jenem Busch verbergen, und ihr Lächeln sehn, und ihre Worte behorchen. So sprach ich und schnitt in die Rinde, als plözlich ein Kranz um meine Schläfe sich wand, schnell sanft erschroken sah ich zurük und Daphne stund lächelnd da, ich habe dich behorcht, sprach sie, und drükte den zärtlichsten Kuß auf meine Lippen.

Lycas. Dort an dem Hügel steht meine beschattete Hütte, dort an der blumichten Quelle stehn meine Bienen-Körbe in zween Reihen; wirthschaftlich wohnen sie da im kühlen Schatten der Ölbäume. Noch kein junger Flug hat sich zuweit von meinem Anger entfernt, sie sumsen frölich umher im blumichten Anger, und sammeln mir Honig und Wachs im Überfluß; Sieh wie meine Kühe mit vollem Euter gehn, und wie die jungen Kälber muthwillig sie umhüpfen, und wie meine Ziegen und meine Schafe so zahlreich die Stauden entblättern und das Gras mähen. Diß, Chloe! diß gaben mir die Götter, und sie lieben mich weil ich tugendhaft bin; wilt du, o Chloe! wilt du mich nicht auch lieben wie die Götter, weil ich tugendhaft bin?

So sangen die Hirten, und Menalkas sprach: Wem soll ich den Preis zutheilen, ihr schönen Sänger? Eure Lieder sind süß wie Honig, lieblich fliessen sie wie dieser Bach, so ermuntert der Kuß von rosenfarbigten Lippen. Nimm du Lycas das schwarzgeflekte Rind, und gieb dem Milon die Ziege mit ihrem Jungen.

Amyntas

Bey frühem Morgen kam der arme Amyntas aus dem dichten Hain, das Beil in seiner Rechten. Er hatte sich Stäbe geschnitten zu einem Zaun, und trug ihre Last gekrümmt auf der Schulter. Da sah er einen jungen Eichbaum neben einem hinrauschenden Bach, und der Bach hatte wild seine Wurzeln von der Erd' entblösset, und der Baum stund da traurig, und drohte zu sinken. Schade, sprach er, soltest du Baum in diß wilde Wasser stürzen; nein, dein Wipfel soll nicht zum Spiel seiner Wellen hingeworfen seyn. Izt nahm er die schweren Stäbe von der Schulter; ich kan mir andre Stäbe holen, sprach er, und hub an, einen starken Damm vor den Baum hinzubauen und grub frische Erde; Izt war der Damm gebaut, und die entblößtem Wurzeln mit frischer Erde bedekt, und izt nahm er sein Beil auf die Schulter, und lächelte noch einmal zu frieden mit seiner Arbeit in den Schatten des geretteten Baumes hin, und wollte in den Hain zurük um andre Stäbe zu holen; aber die Dryas[2] rief ihm mit lieblicher Stimme aus der Eiche zu: solt ich unbelohnet dich weglassen? gütiger Hirt! sage mirs, was wünschest du zur Belohnung, ich weiß daß du arm bist, und nur fünf Schafe zur Weide führest. O wenn du mir zu bitten vergönnst, Nymphe, so sprach der arme Hirt; mein Nachbar Palemon ist seit der Ernde schon krank, laß ihn gesund werden!

So bat der Redliche, und Palemon ward gesund; aber Amyntas sah den mächtigen Segen in seiner Herde und bey seinen Bäumen und Früchten, und ward ein reicher Hirt, denn die Götter lassen die Redlichen nicht ungesegnet.

---

[2] Die Dryaden waren Schuz-Göttinnen der Eichen, sie entstunden und starben auch wieder mit dem Baum.

Damon. Daphne.

Damon. Es ist vorübergegangen, Daphne! das schwarze Gewitter, die schrökende Stimme des Donners schweigt; Zittre nicht, Daphne! die Blize schlängeln sich nicht mehr durchs schwarze Gewölk; laß uns die Höle verlassen; die Schafe, die sich ängstlich unter diesem Laubdach gesammelt, schütteln den Regen von der triefenden Wolle, und zerstreuen sich wieder auf der erfrischeten Weide; Laß uns hervorgehn, und sehn, wie schön die Gegend im Sonnenschein glänzt.

Izt traten sie Hand in Hand aus der schüzenden Grotte hervor; Wie herrlich! rief Daphne, dem Hirt die Hand drükend, wie herrlich glänzt die Gegend! Wie hell schimmert das Blau des Himmels durch das zerrißne Gewölk! Sie fliehen, die Wolken; wie sie ihren Schatten in der Sonnebeglänzten Gegend zerstreun! sieh Damon, dort liegt der Hügel mit seinen Hütten und Herden im Schatten, izt flieht der Schatten und läßt ihn im Sonnen-Glanz; sieh wie er durchs Thal hin über die blumichten Wiesen lauft.

Wie schimmert dort, Daphne! rief Damon, wie schimmert dort der Bogen der Iris von einem glänzenden Hügel zum andern ausgespannt; am Rüken das graue Gewölk verkündigt die freundliche Göttin von ihrem Bogen der Gegend die Ruhe, und lächelt durchs unbeschädigte Thal hin.

Daphne antwortete, mit zartem Arm ihn umschlingend, sieh die Zephir kommen zurük, und spielen froher mit den Blumen, die verjüngt mit den hellblizenden Regen-Tropfen prangen, und die bunten Schmetterlinge und die beflügelten Würmchens fliegen wieder froher im Sonnenschein, und der nahe Teich – – wie die genezten Büsche und die Weiden zitternd um ihn her glänzen! sieh er empfängt wieder ruhig das Bild des hellen Himmels und der Bäume umher.

Damon. Umarme mich Daphne, umarme mich! O was für Freude durchströmt mich! wie herrlich ist alles um uns her! Welche unerschöpfliche Quelle von Entzüken! Von der belebenden Sonne bis zur kleinesten Pflanze sind alles Wunder! O wie reißt das Entzüken mich hin! wenn ich vom hohen Hügel die weitausgebreitete Gegend übersehe, oder, wenn ich ins Gras hingestrekt, die manigfaltigen Blumen und Kräuter betrachte und ihre kleine Bewohner; oder wenn ich in nächtlichen Stunden, bey gestirntem Himmel, den Wechsel der Jahrszeiten, oder den Wachsthum der unzählbaren Gewächse – – wenn ich die Wunder betrachte, dann schwellt mir die Brust, Gedanken drengen sich dann auf; ich kan sie nicht entwikeln, dann wein' ich und sinke hin und stammle mein Erstaunen dem der die Erde schuf! O Daphne, nichts gleicht dem Entzüken, es sey denn das Entzüken von dir geliebt zu seyn.

Daphne. Ach Damon! auch mich, auch mich entzüken die Wunder! O laß uns in zärtlicher Umarmung den kommenden Morgen, den Glanz des Abendrohts und den sanften Schimmer des Mondes, laß uns die Wunder betrachten, und an die bebende Brust uns drüken, und unser Erstaunen stammeln; O welch unaussprechliche Freude! wenn diß Entzüken zu dem Entzüken der zärtlichsten Liebe sich mischt.

Damon. Phillis.

Damon. Izt hab ich sechszehn Frühlinge gesehn, doch liebste Phillis! keiner, noch keiner war so schön wie der; weißst du warum? – – Ich hüt' izt neben dir die Herde.

Phillis. Und ich, ich hab izt dreizehn Frühlinge gesehn. Ach liebster Damon! keiner, nein keiner war für mich so schön wie der; weißst du warum? – – izt drükte sie ihn seufzend an die Brust.

Damon. Sieh Phillis, wie der dichte Busch, bey dieser Schleusse schattigt sich wölbt, hör wie die Quelle rauscht; dort wollen wir ins hohe Gras uns legen, und - - -

Phillis. Ja, lieber Damon! denn bey dir nur bin ich froh. Sieh her, mein Busen bebt voll Freude, denn – – denk einmal, fünf lange Stunden, hab ich dich nicht gesehn.

Damon. Hier, liebe Phillis! hier seze dich im Klee. O könnt ich immer dich lächeln sehn, und deine Augen! – Nein, sieh mich nicht so an, sprach er, und drükte sanft des Mädchens Augen zu; Glaube, wenn dein Blik so lächelnd mir ins Auge sieht, ich weiß nicht wie mir dann geschieht, ich zittre, ich seufze dann und meine Worte stoken.

Phillis. Nimm Damon, nimm die Hand von meinen Augen, denn, wenn du meine Hand in deine drükest, dann gehts mir eben so, mich durchzittert dann etwas, ich weiß nicht was es ist, dann pochet mir das Herz.

Damon. Sieh Phillis, sieh, was ist dort auf dem Baum? zwo Dauben, – – sieh – – sieh wie sie freundlich sich mit den Flügeln schlagen; höre wie sie girren; Izt, izt – – sie piken sich den bunten Hals, und izt den kleinen Kopf, und um die kleinen Augen. Komm, Phillis! komm, wir wollen mit den Armen uns auch umschlagen, wie sie mit den Flügeln; Reiche deinen Hals mir her und deine Augen, daß ich dich schnäbeln kan - -

Phillis. Halt deine Lippen doch auf meine Lippen, dann Damon, schnäbeln beyde.

Damon. Ach Phillis! ach! wie süß ist dieses Spiel! Habt Dank, habt Dank, ihr kleinen Dauben! der Sperber töd' euch nie - -

Phillis. Habet Dank, ihr kleinen Dauben, habet Dank; flieget her in meinen Schoos, kommt wohnet bey mir. – Im Feld und im Hain will ich die besten Speisen euch sammeln; indeß daß Damon mich schnäbelt, könnt ihr dann auf meinem Schoos euch schnäbeln; – – Sie kommen nicht sie fliegen weg! – –

Damon. Höre Phillis! mir fällt was ein; Wenn dieses Küsse wären, von denen jüngst Amyntas sang.

»Dem müden Schnitter ist ein frischer Trunk nicht halb so süß, als Liebenden ein Kuß; viel lieblicher ist sein Geräusch, als wann ein kühler Bach, wenn uns der schwühle Mittag brennt, durch dunkle Schatten fließt.«

Phillis. Ja gewiß! Bald wollt' ich wetten, daß es Küsse sind, komm, wir wollen gehn und Chloen fragen. – – Doch seze mir zuerst den Kranz zurecht. – – Du hast mein Haar zerzaußt!

Der zerbrochene Krug.

Ein ziegenfüssigter Faun lag unter einer Eiche in tiefem Schlaf ausgestrekt, und die jungen Hirten, sahen ihn, wir wollen, sprachen sie, ihn fest an den Baum binden, und dann soll er uns für die Loslassung ein Lied singen. Und sie banden ihn an dem Stamm der Eiche fest, und warfen mit der gefallenen Frucht des Baumes ihn wach. Wo bin ich? so sprach der Faun, und gähnte, und dähnte die Arme und die Ziegenfüsse weit aus, wo bin ich? Wo ist meine Flöte? Wo ist mein Krug? Ach! da liegen die Scherben vom schönsten Krug! Da ich gestern im Rausch hier sank, da hab ich ihn zerbrochen – – Aber wer hat mich festgebunden? so sprach er und sah rings umher, und hörte das zwitschernde Lachen der Hirten. Bindet mich los, ihr Knaben, rief er; Wir binden dich nicht los, sprachen sie, du singest uns denn ein Lied. Was soll ich euch singen, ihr Hirten? sprach der Faun, von dem zerbrochenen Krug will ich singen, da sezet euch im Gras um mich her.

Und die Hirten sezten sich ins Gras um ihn her, und er hub an.

Er ist zerbrochen, er ist zerbrochen, der schönste Krug, da liegen die Scherben umher!

Schön war mein Krug, meiner Höle schönste Zierde, und gieng ein Wald-Gott vorüber, denn rief ich: Komm, trink' und siehe den schönsten Krug. Zeus selbst hat bey dem frohesten Fest nicht einen schönern Krug.

Er ist zerbrochen, ach! er ist zerbrochen! der schönste Krug! Da liegen die Scherben umher.

Wenn bey mir die Brüder sich sammelten, dann sassen wir rings um den Krug! Wir tranken, und jeder der trank, sang die darauf gegrabene Geschichte, die seinen Lippen die nächste war. Izt trinken wir nicht mehr, ihr Brüder! aus dem Krug, izt singen wir nicht mehr die Geschichte, die jedes Lippen die nächste ist;

Er ist zerbrochen, ach er ist zerbrochen, der schönste Krug! Da liegen die Scherben umher.

Denn auf dem Krug war gegraben, wie Pan voll Entsezen am Ufer sah, wie die schönste Nymphe, in den umschlingenden Armen, in lispelnden Schilf sich verwandelte; Er schnitt da Flöten von Schilfrohr, von ungleicher Länge, und kleibte mit Wachs sie zusammen, und blies dem Ufer ein trauriges Lied. Die Echo horchte die neue Musik und sang sie dem erstaunten Hain und den Hügeln. Aber er ist zerbrochen, er ist zerbrochen, der schönste Krug! Da liegen die Scherben umher.

Dann stund auf dem Kruge, wie Zeus, als weisser Stier, auf dem Rüken die Nymph' Europa auf Wellen entführte; Er lekte mit schmeichelnder Zunge der Schönen entblössetes Knie. Indeß rang sie jammernd die Hände über dem Haupt, mit dessen lokichtem Haare die gaukelnden Zephire spielten, und vor ihm her ritten die Amors, lächelnd auf dem willigen Delphin.

Aber er ist zerbrochen, er ist zerbrochen, der schönste Krug! Da liegen die Scherben umher.

Auch war der schöne Bachus gegraben; Er saß in einer Laube von Reben, und eine Nymphe lag ihm zur Seite. Ihr linker Arm umschlang seine Hüften, den rechten hielt sie empor und zog den Becher zurük, nach dem seine lächelnden Lippen sieh sehnten. Schmachtend sah sie ihn an und schien ihn um Küsse zu flehen, und vor ihm spielten seine geflekten Tieger; schmeichelnd assen sie Trauben, aus den kleinen Händen der Amors;

Aber er ist zerbrochen, er ist zerbrochen, der schönste Krug! Da liegen die Scherben umher. O klag es Echo dem Hain, klag es dem Faun in den Hölen! er ist zerbrochen, da liegen die Scherben umher.

So sang der Faun, und die jungen Hirten banden ihn los und besahen bewundernd die Scherben im Gras.

Daphnis. Chloe.

Das Abendroth kam, als Chloe mit ihrem Daphnis zu dem rieselnden Bach in das einsame Weiden-Gebüsche kamen; Hand in Hand gedrükt kamen sie ins Gebüsche; aber schon saß Alexis am rieselnden Bach, ein schöner Jüngling, aber noch nie war die Liebe in seinem Busen erwachet; Sey mir gegrüßt, du Liebe-leerer Jüngling, sprach Daphnis, vielleicht zwar hat izt ein Mädchen dein Herz enthärtet, da du so einsame Schatten suchest, denn die Liebenden suchen gerne einsame Schatten. Ich komme mit meiner Chloe her, wir wollen im stillen Busch das Glük unsrer Liebe singen. So sprach er, und drükte des Mädchens Hand an seine Brust. Wilt du zuhören, Alexis?

Alexis. Nein kein Mädchen hat mein Herz enthärtet. Ich kam hieher zu sehn, wie schön der Abend die Berge röthet, aber gerne will ich euern Gesang hören, es ist lieblich beym Abendroth einen schönen Gesang zu hören.

Daphnis. Komm Chloe, hier laß uns neben ihm ins Gras uns sezen, wir wollen ein Lied singen, meine Flöte soll deinen Gesang begleiten, Chloe, und du Alexis, du bist ein guter Flöten-Spieler, begleite du den meinen.

Ich will ihn begleiten, sprach Alexis, und izt sezten sie sich ins Gras am Bach, und Daphnis hub an.

Daphnis. Du stilles Thal und ihr belaubte Hügel, kein Hirt ist so glüklich wie ich, denn Chloe liebet mich! lieblich ist sie wie der frühe Morgen, wenn die Sonne sanft vom Berg heraufsteigt; dann, dann freut sich jede Blume, und die Vögel singen ihr entgegen, und hüpfen froh auf schlanken Ästen, daß der Thau vom Laube fällt.

Chloe. Froh ist die kleine Schwalbe, wenn sie vom Winter-Schlaf im Sumpf erwachet, und den schönen Frühling sieht; sie hüpft dann auf den Weidenbaum und singet ihr Entzüken, den Hügeln und dem Thal, und ruft, Gespielen, wachet auf! der Frühling ist izt da. Doch viel entzükter bin ich noch, denn Daphnis liebet mich, und ich ruf euch Gespielen zu, viel süsser ists als der kommende Frühling, wenn uns ein tugendhafter Jüngling liebt.

Daphnis. Schön ist es, wenn auf fernen Hügeln, die Herden in dunkeln Büschen irren; doch schöner ists, o Chloe! wenn ein frischer Blumen-Kranz dein dunkles Haar durchirrt; schön ist des heitern Himmels Blau, doch schöner ist dein blaues Auge, wenn es lächelnd mir winket. Ja liebe Chloe, mehr lieb ich dich als schnelle Fische den klaren Teich, mehr als die Lerche die Morgen-Luft.

Chloe. Da als ich im stillen Teich mich besah, ach! seufzt' ich, könnt ich dem Daphnis gefallen! dem besten Hirten. Indeß standst du ungesehn mir am Rüken und warfest Blumen über mein Haupt hin, daß mein Bild in hüpfenden Kreisen verschwand; Erschroken sah ich zurük, und sah dich, und seufzte, und da drüktest du mich an deine Brust. Ach! riefst du, die Götter sind Zeugen, ich liebe dich! ach! sprach ich, ich liebe dich, mehr als die Bienen die Blüthen, mehr als die Blumen den Morgenthau.

Daphnis. O Chloe, wenn du mit thränendem Auge, wenn du mit umschlingendem Arme mir sagst, Daphnis! ich liebe dich! Ach dann seh ich durch den Schatten der Bäume hinauf, in den glänzenden Himmel; ihr Götter! seufz ich dann, ach wie kann ich mein Glük euch danken, daß ihr Chloen mir schenkt? und dann sink ich an ihre Brust hin und weine, und dann küßt sie die Thränen mir vom Aug.

Chloe. Und dann küß ich die Thränen dir vom Aug, aber häufigere Thränen fliessen dann mir vom Aug und mischen sich zu deinen Thränen. Daphnis, seufz ich dann, ach Chloe! seufzest du, und die Echo seufzet uns nach. Die Herd erquikt das junge Frühlings-Gras; Der kühle Schatten erquikt, bey schwühler Mittags-Hiz; mich, Daphnis! mich erquiket nichts so sehr, als wenn dein holder Mund mir sagt, daß du mich liebst.

So sangen Daphnis und Chloe. Glükliche Kinder, so sprach Alexis und seufzt'; ach! izt fühl ichs, daß die Lieb' ein Glük ist, euer Gesang und eure Blike und euer Entzüken habens mir gesagt.

Lycas,

oder die Erfindung der Gärten.

Izt schließt uns der stürmende Winter ins Zimmer, und Wirbel-winde durchwühlen den silbernen Regen der Floken; Izt soll mir die Einbildungskraft den Schaz von Bildern öfnen, die sie in dem blu-michten Lenz und in dem schwülen Sommer und in dem bunten Herbst sich gesammelt; aus ihnen will ich izt die schönsten wählen, und für dich, schöne Daphne! in Gedichte sie ordnen. So wählt ein Hirt seinem Mädchen zum Kranz nur die schönsten Blumen. O daß es dir gefalle! wenn meine Muse dir singt, wie in der Jugend der Tage, ein Hirt der Gärten Kunst erfand.

Das ist der Ort, sprach Lycas, der schöne Hirt, hier unter diesem Ulmbaum ists, wo gestern, als die Sonne wich, die schöne Chloe mir die ersten Küsse gab; hier standst du und seufztest, als meine zit-ternden Arme dich umschlangen, als meine stokende Stimme meine Liebe dir sagte, und mein pochendes Herz und meine Thränen im Aug. O da Chloe! da entsank dein Hirten-Stab der zitternden Hand, da sankst du an meine bebende Brust; Lycas! so stammeltest du, o Lycas! ich liebe dich! Ihr stillen Büsche, ihr einsamen Quellen seyd Zeugen, euch hab ich meine Liebe geklagt, und ihr, ihr Blumen, ihr tranket meine Thränen wie Thau!

O Chloe wie bin ich entzükt! welch unaussprechliches Glük ist die Liebe! hier dieser Ort sey der Liebe geheiligt! Ich will um die Ulme her Rosen-Stauden pflanzen, und die schlanke Waldwinde soll sich an ihrem Stamm hoch hinauf schlingen, mit den weissen Purpur-gestreiften Blumen geschmükt; ich will hieher den ganzen Frühling sammeln; die schöne Saat-Rose will ich hier bey der Lilie pflanzen. Ich will auf die Wiesen und auf die Hügel gehen, und will ihnen die blumichten Pflanzen rauben; die Viole und die Nelke, und die blaue Gloken-Blume, und die braune Scabiose, alles, alles will ich sammeln; dann soll es seyn wie ein Hain voll süsser Gerüche, und dann will ich um den Blumen-Hain her die nahe Quelle leiten, daß er zur kleinen Insul wird, und rings umher will ich einen Zaun von Dornbüschen pflanzen, daß die Ziegen und die Schafe ihn nicht verwüsten. O dann kommet, ihr, die ihr der Liebe lebt, seufzende Turteldauben, kommt dann im Wipfel der Ulme zu klagen, und ihr,

ihr Sperlinge, verfolgt euch durchs Rosen-Gebüsch, und singt von wiegenden Ästen, und ihr, ihr bunten Schmetterlinge, haschet euch im Blumen-Hain, und paart euch auf wankenden Lilien.

Dann sagt der Hirt, der vorüber geht, wenn ihm die Zephire die Gerüche weit her entgegen tragen, welcher Gottheit ist dieser Ort heilig? Gehört er der Venus, oder hat ihn Diana so schön geschmükt, um müd von der Jagd hier zu schlummern?

Palemon.

Wie lieblich glänzet das Morgenroth durch die Haselstaude und die wilden Rosen am Fenster! Wie froh singet die Schwalbe auf dem Balken unter meinem Dach! und die kleine Lerche in der hohen Luft! Alles ist munter, und jede Pflanze hat sich im Thau verjüngt; auch ich, auch ich scheine verjüngt; mein Stab soll mich Greisen vor die Schwelle meiner Hütte führen, da will ich mich der kommenden Sonne gegenüber sezen, und über die grünen Wiesen hinsehn. O wie schön ist alles um mich her! Alles was ich höre sind Stimmen der Freude und des Danks. Die Vögel in der Luft und der Hirt auf dem Felde singen ihr Entzüken, auch die Herden brüllen ihre Freude von den grasreichen Hügeln und aus dem durchwässerten Thal. O wie lang, wie lang, ihr Götter! soll ich noch eurer Gütigkeit Zeuge seyn? Neunzig male habe ich izt den Wechsel der Jahrszeiten gesehn, und wann ich zurük denke, von izt bis zur Stunde meiner Geburt, eine weite liebliche Aussicht, die sich am Ende, mir unübersehbar in reiner Luft verliert, o wie wallet dann mein Herz auf! Ist das Entzüken, das meine Zunge nicht stammeln kann, sind meine Freuden-Thränen, ihr Götter! nicht ein zu schwacher Dank? Ach fließt ihr Thränen, fließt die Wangen herunter! wenn ich zurük sehe, dann ists, als hätt' ich nur einen langen Frühling gelebt, und meine trüben Stunden waren kurze Gewitter, sie erfrischen die Felder und beleben die Pflanzen. Nie haben schädliche Seuchen unsre Herde gemindert, nie hat ein Unfall unsre Bäume verderbt, und bey dieser Hütte hat nie ein langwierig Unglük geruht. Entzükt sah ich in die Zukunft hinaus, wenn meine Kinder lächelnd auf meinem Arm spielten, oder wenn meine Hand des plappernden Kindes wankenden Fußtritt leitete; Mit Freuden-Thränen sah ich in die Zukunft hinaus, wenn ich die jungen Sprossen aufkeimen sah; ich will sie vor Unfall schüzen, ich will ihres Wachsthums warten, sprach ich, die Götter werden die Bemühung segnen; sie werden empor wachsen, und herrliche Früchte tragen, und Bäume werden, die mein schwaches Alter in erquikenden Schatten nehmen. So sprach ich, und drükte sie an meine Brust, und izt sind sie voll Segen empor gewachsen, und nehmen mein graues Alter in erquikenden Schatten; so wuchsen die Apfel-Bäume, und die Birnen-Bäume, und die hohen Nuß-Bäume, die ich als Jüngling um die Hütte her gepflanzet habe, hoch empor; sie tragen die alten Äste weit herum, und nehmen die kleine Wohnung in erquikenden Schatten. Diß, diß war mein heftigster Gram, o Mirta! da du an meiner bebenden Brust, in meinen Armen sturbest. Zwölf male hat izt schon der Frühling dein Grab mit Blumen geschmükt; aber der Tag naher, ein froher Tag! da meine Gebeine zu den deinen werden hingelegt werden; vielleicht führt ihn die kommende Nacht herbey! O! ich seh es mit Lust, wie mein grauer Bart schneeweiß über meine Brust herunter wallt; ein herrliches Merkmal der Güte der Götter! Ja spiele mit dem weissen Haar auf meiner Brust, du kleiner Zephir, der du mich umhüpfest, er ist es so werth, als das goldne Haar des frohen Jünglings und die braunen Loken am Naken des aufblühenden Mädchens. O dieser Tag soll mir ein Tag der Freude seyn! ich will meine Kinder um mich her sammeln, bis auf den kleinen stammelnden Enkel, und will den Göttern opfern; hier vor meiner Hütte sey der Altar; ich will mein kahles Haupt umkränzen, und mein schwacher Arm soll die Leyer nehmen, und dann wollen wir, ich und meine Kinder, um den Altar her Loblieder singen; dann will ich Blumen über meine Tafel streuen, und unter frohen Gesprächen das Opferfleisch essen. So sprach Palemon und hub sich zitternd an seinem Stab auf, und rief die Kinder zusammen, und hielt den Göttern ein frohes Fest.

Der stille Abend kam, und Palemon sprach, voll heiliger Ahnung: laßt uns hinausgehen, Kinder, zu dem Grabe der Mirta, da laßt uns Wein und Honig hingiessen, und das Fest mit Gesängen enden. Und sie giengen hinaus auf das Grab; umarmet mich, Kinder, sprach der Greis, voll heiligen Entzükens, und er ward aus ihren umschlingenden Armen zur Cypresse verwandelt, die izt das Grab beschattet.

Der stille Mond war Zeuge der Geschichte, und hielt stille in seinem Lauf, und wer in dem Schatten des Baumes ruht, dem bebt ein heiliges Entzüken durch die Brust, und eine fromme Thräne fällt ihm vom Aug.

Mirtil. Thyrsis.

Mirtil hatte sich in einer kühlen nächtlichen Stunde auf einen weitumsehenden Hügel begeben; gesammelte dürre Reiser brannten vor ihm in hellen Flammen, indeß daß er einsam ins Gras gestrekt mit irrenden Bliken den Himmel, mit Sternen besäet, und die vom Mond beleuchtete Gegend durchlief. Aber schüchtern sah er sich izt um, denn es rauschte etwas im Dunkeln daher. Es war Thyrsis; Sey mir willkommen, sprach er; seze dich zum wärmenden Feuer, wie kömmst du hieher, izt da die ganze Gegend schlummert?

Thyrsis. Sey mir gegrüßt, hätt' ich dich zu finden geglaubt, ich hätte nicht so lange gezaudert den lodernden Flammen zu folgen, die im Dunkeln so schön ins Thal glänzen. Aber höre Mirtil, izt, da des Mondes düstrer Schimmer und die einsame Nacht zu ernsten Gesängen uns lokt, höre Mirtil, ich schenke dir eine schöne Lampe, die mein künstlicher Vater aus Erde gebildet hat, eine Schlange mit Flügeln und Füssen, die den Mund weit aufsperrt, aus dem das kleine Licht brennt, den Schweif ringelt sie empor bequem zur Handhabe; diß schenk ich dir, wenn du mir die Geschichte des Daphnis und der Chloe singest.

Mirtil. Ich will dir die Geschichte des Daphnis und der Chloe singen, izt da die Nacht zu ernsten Gesängen lokt. Hier sind dürre Reiser, sieh du indeß, daß das wärmende Feuer nicht erlöscht.

Klaget mir nach, ihr Felsenklüfte, traurig töne mein Lied zurük, durch den Hain und vom Ufer!

Sanft glänzte der Mond, als Chloe am einsamen Ufer stund, sehnlich wartend, denn ein Nachen sollte den Daphnis über den Fluß bringen. Lange säumt mein Geliebter, so sprach sie; die Nachtigal schwieg und horchte die zärtlichen Accente. Lange säumt er; doch – – horche – – ich höre ein plätschern, wie wenn Wellen wider einen Nachen schlagen. Kömmst du? Ja! – doch nein; wollt ihr mich noch oft betriegen ihr plätschernden Wellen? O! spottet nicht des ungedultigen Wartens des zärtlichsten Mädchens! Wo bist du izt Geliebter? beflügelt Ungedult nicht deine Füsse? wandelst du izt im Hain dem Ufer zu? O daß kein Dorn die eilenden Füsse verleze, und keine schleichende Schlange deine Fersen! Du keusche Göttin, Luna, oder Diana, mit dem nie-fehlenden Bogen, streue von deinem sanften Glanz auf seinen Weg hin! O wenn du aus dem Nachen steigst, wie will ich dich umarmen! – – Aber izt, gewiß izt, izt triegt ihr mich doch nicht ihr Wellen! o schlaget sanft den Nachen! traget ihn sorgfältig auf euerm Rüken! O ihr Nymphen, wenn ihr je geliebt habet, wenn ihr je wißt was zärtliche Erwartung ist – – ich seh ihn, sey mir gegrüßt! – – Du antwortest nicht? Götter! – – Izt sank Chloe ohnmächtig am Ufer hin. Klaget mir nach, ihr Felsenklüfte, traurig töne mein Lied zurük, durch den Hain und vom Ufer!

Ein umgestürzter Nachen schwamm daher, der Mond beschien die klägliche Geschichte. Am Ufer lag Chloe ohnmächtig, und eine schauernde Stille herrschte umher, aber sie erwachte wieder, ein schrökliches Erwachen! Sie saß am Ufer, bebend und sprachlos, und der Mond verbarg sich hinter den Wolken; ihre Brust bebte von schluchzen und seufzen, izt schrie sie laut, und die Echo wiederholte der trauernden Gegend ihr Geschrey, und ein banges Winseln rauschte durch den Hain und durch die Gebüsche, sie schlug die ringenden Hände auf die Brust, und riß die Loken vom Haupt; ach Daphnis! Daphnis! o ihr treulosen Wellen! ihr Nymphen! ach! ich elende! ich zaudre, ich säume, den Tod in den Wellen zu suchen, die die Freude meines Lebens geraubt haben! So rief sie, und sprang vom Ufer in den Fluß.

Klaget mir nach, ihr Felsenklüfte, traurig töne mein Lied zurük, durch den Hain und vom Ufer!

Aber die Nymphen hatten den Wellen befohlen, sorgfältig sie auf dem Rüken zu tragen. Grausame Nymphen! rief sie, ach! zögert nicht meinen Tod! ach, verschlinget mich Wellen! aber die Wellen verschlangen sie nicht, sie trugen sie sanft auf dem Rüken, zum Ufer eines kleinen Eylandes. Daphnis hatte mit schwimmen sich ans Eyland gerettet; wie zärtlich sie ihm in die Arme sank und ihr Entzüken, o das kann ich nicht singen! zärtlicher als wenn die Nachtigall ihrem Gefängniß entfliegt, ihr Gatte hatte Nächte durch im Wipfel kläglich geseufzet, sie fliegt izt entzükt dem schauernden Gatten zu, sie seufzen und schnäbeln und umschlagen sich mit ihren Flügeln, aber izt tönt ihr Entzüken in Freuden-Liedern die stille Nacht durch.

Klaget izt nicht mehr, ihr Felsenklüfte, Freude töne izt vom Hain zurük und vom Ufer. Und du gieb mir die Lampe, denn ich habe dir die Geschichte des Daphnis und der Chloe gesungen.

Chloe.

Ihr freundlichen Nymphen, die ihr in diesem stillen Felsen wohnet, ihr habt dichtes Gesträuch vor die kühle Öfnung hingepflanzt,
daß stille Ruhe und sanfter Schatten euch erquike; die ihr diese
klare Quelle aus euern Urnen gießt, wenn ihr nicht izt im dichten
Hain mit den Waldgöttern euch freut, oder auf dem nahen Hügel,
oder wenn ihr auf euern Urnen schlummert, o dann stöhre meine
Stimme nicht eure Ruhe! Aber höret meine Klagen, freundliche
Nymphen, wenn ihr wachet! Ich liebe – – ach! – – ich liebe den Lycas mit dem gelben Haar! habt ihr den jungen Hirten nicht gesehn,
wenn er seine gefleketen Kühe und die hüpfenden Kälber hier vorüber treibt, und hinter ihnen hergehend auf seiner Flöte dem Wiederhall ruft? habt ihr seine blauen Augen, sein sanftes Lächeln nicht
gesehn? oder habt ihr seinen Gesang gehört, wenn er vom frohen
Frühling singt, oder von der frohen Ernde, oder vom bunten
Herbst, oder von der Pflege der Herde? Ach! ich liebe den schönsten
Hirten, und er weiß es nicht, daß ich ihn liebe. O wie lang warest
du, herber unfreundlicher Winter! der du von den Fluren uns
scheuchest, wie lang ists, seit ich im Herbst ihn das lezte mal sah!
Ach! da lag er schlummernd im Busch, wie schön lag er da! wie
spielten die Winde mit seinen Loken! und der Sonnenschein streute
schwebende Schatten der Blätter auf ihn hin: O ich seh ihn noch, sie
hüpften auf seinem schönen Gesicht umher, die Schatten der Blätter, und er lächelte wie im frohesten Traum. Schnell sammelt' ich da
Blumen, und wand sanft einen Kranz um des schlafenden Haar und
um seine Flöte, und da trat ich zurük; ich will izt warten, sprach ich,
bis er aufwachet; wie wird er lächeln, wie wird er sich wundern,
wenn er sein Haupt umkränzt sieht, und seine Flöte; hier will ichs
erwarten, er muß mich wol sehen, wenn ich hier stehe, und wenn er
mich nicht sieht – – dann will ich laut lachen. So sprach ich, und
stund im nahen Busch, als meine Gespielen mich riefen; O wie war
ich böse, ich mußt' izt gehen, und konnte sein Lächeln nicht und
seine Freude nicht sehen, als er sein Haar und seine Flöte bekränzet
sah. Wie froh bin ich! izt kömmt der Frühling zurük, izt werd ich
ihn wieder auf den Fluren sehn! Ihr Nymphen! hier will ich Kränze
an die Äste der Gebüsche hängen, die eure Höle beschatten, es sind
die ersten Blumen, frühe Violen, und May-Blumen, und gelbe

Schlüssel-Blumen, und röthlichte Maßlieben, und die ersten Blüthen; Seyd meiner Liebe gewogen; und wenn der Hirt an dieser Quelle schlummert, dann sagt ihm im Traum, daß es Chloe ist, die seine Flöte und sein Haar bekränzt hat, daß es Chloe ist die ihn liebt.

So sprach Chloe, und umhieng die noch unbelaubten Gebüsche mit den ersten Blumen, und ein sanftes Geräusch drang aus der Höle, wie wenn die Echo den fernen Gesang einer Flöte nachsingt.

Menalkas und Äschines, der Jäger

Der junge Hirt Menalkas weidete auf dem hohen Gebürge, und er gieng tief ins Gebürg, im wilden Hain ein Schaf zu suchen, und im wilden Hain fand er einen Mann, der abgemattet im Busch lag; Ach junger Hirt, so rief der Mann, ich kam gestern auf diß wilde Gebürge die Rehe und die wilden Schweine zu verfolgen, und ich habe mich verirrt, und bis izt, keine Hütte und keine Quelle für meinen Durst, und keine Speise für meinen Hunger gefunden. Der junge Menalkas gab ihm izt Brod aus seiner Tasche, und frischen Käs, und nahm seine Flasche von der Seite, erfrische dich, so sprach er, hier ist frische Milch, und dann folge mir, daß ich dich aus dem Gebürge führe; und der Mann erfrischte sich und der Hirt führte ihn aus dem Gebürg.

Äschines, der Jäger, sprach izt: du schöner Hirt, du hast mein Leben gerettet, wie soll ich dich belohnen, komm mit mir in die Stadt, dort wohnt man nicht in ströhernen Hütten; Palläste von Marmor steigen dort hoch an die Wolken, und hohe Säulen stehen um sie her, du solt bey mir wohnen, und aus Gold trinken, und die köstlichen Speisen aus silbernen Platten essen.

Menalkas sprach: Was soll ich in der Stadt? Ich wohne sicher in meiner niedern Hütte, sie schüzt mich vor Regen und rauhen Winden, und stehn nicht Säulen umher, so stehn doch fruchtbare Bäume und Reben umher, dann hol ich aus der nahen Quelle klares Wasser im irdenen Krug, auch hab ich süssen Most, und dann eß ich was mir die Bäume und meine Herde geben, und hab ich nicht Silber und Gold, so streu ich wolriechende Blumen auf den Tisch.

Äschines. Komm mit mir Hirt, dort hat man auch Bäume und Blumen, dort hat sie die Kunst in gerade Gänge gepflanzet, und in schön geordnete Beeten gesammelt; dort hat man auch Quellen, Männer und Nymphen von Marmor giessen sie in grosse marmorne Beken.

Menalkas. Schöner ist der ungekünstelte schattichte Hain mit seinen gekrümmten Gängen, schöner sind die Wiesen mit tausendfältigen Blumen geschmükt; ich hab auch Blumen um die Hütte gepflanzt, Majoran und Lilien und Rosen; und o wie schön sind die

Quellen wenn sie aus Klippen sprudeln, oder aus dem Gebüsche von Hügeln fallen, und dann durch blumichte Wiesen sich schlängeln! Nein, ich geh nicht in die Stadt.

Äschines. Dort wirst du Mädchens sehen im seidenen Gewand, von der Sonne unbeschädigt, weiß wie Milch, mit Gold und köstlichen Perlen geschmükt, und die schönen Gesänge künstlicher Saitenspieler entzüken dein Ohr.

Menalkas. Mein braunes Mädchen ist schön, du solltest sie sehen, wenn sie mit frischen Rosen und einem bunten Kranz sich schmükt; und o wie froh sind wir, wenn wir bey einer rauschenden Quelle im schattichten Busch sizen! sie singt dann, o wie schön singt sie! und ich begleite ihren Gesang mit der Flöte; unser Gesang tönt dann weit umher, und die Echo singet uns nach; oder wir behorchen den schönen Gesang der Vögel, die von den Wipfeln der Bäume und aus den Gebüschen singen. Oder singen eure Saitenspieler besser als die Nachtigal oder die liebliche Grasmüke? Nein, nein ich geh nicht mit dir in die Stadt.

Äschines. Was soll ich dir denn geben, Hirt? Hier nimm die Hand voll Gold, und diß goldne Hüfthorn.

Menalkas. Was soll mir das Gold? ich habe Überfluß; soll ich mit dem Golde die Früchte von den Bäumen erkaufen, oder die Blumen von den Wiesen, oder soll ich von meiner Herde die Milch erkaufen?

Äschines. Was soll ich dir denn geben, glüklicher Hirt, womit soll ich deine Gutthat belohnen?

Menalk. Gieb mir die Kürbis-Flasche, die an deiner Seite hängt, mir deucht, der junge Bacchus ist darauf gegraben, und die Liebes-Götter, wie sie Trauben in Körben sammeln.

Und der Jäger gab ihm freundlich lächelnd die Flasche, und der junge Hirt hüpfte vor Freuden, wie ein junges Lamm hüpft.

Phillis. Chloe.

Phillis. Du Chloe, immer trägst du dein Körbchen am Arm.

Chloe. Ja Phillis, ja! immer trag ich das Körbchen am Arm, ich würd es nicht um eine ganze Herde geben; nein ich würd' es nicht geben, sprach sie, und drükt' es lächelnd an ihre Seite.

Phillis. Warum Chloe, warum hältst du dein Körbchen so werth? soll ich rathen? Sieh, du wirst roth, soll ich rathen? - -

Chloe. Hu - - roth?

Phillis. Ja! wie wenn einem das Abendroth ins Angesicht scheint.

Chloe. Hu! Phillis - - ich will dirs sagen; der junge Amyntas hat mirs geschenkt, der schönste Hirt; er hat es selbst geflochten. Ach! sieh wie nett, sieh wie schön die grünen Blätter und die rothen Blumen in das weisse Körbchen geflochten sind, und ich halt es werth, wo ich hingehe, da trag ichs am Arm; die Blumen dünken mich schöner, sie riechen lieblicher, die ich in meinem Körbchen trage, und die Früchte sind süsser, die ich aus dem Körbchen esse. Phillis - - doch was soll ich alles sagen? - - Ich - - ich habs schon oft geküßt. Er ist doch der beste, der schönste Hirt.

Phillis. Ich hab es ihn flechten gesehn; wüßtest du was er da zu dem Körbchen sprach! Aber Alexis mein Hirt ist eben so schön, du solltest ihn singen hören, ich will das Liedchen dir singen, das er gestern mir sang.

Chloe. Aber, Phillis! Was hat Amyntas zum Körbchen gesagt?

Phillis. Ja, ich muß erst das Liedchen singen.

Chloe. Ach! - - Ist es lang?

Phillis. Höre nur. Froh bin ich, wenn das Abendroth, am Hügel mich bescheint. Doch Phillis, froher bin ich noch, wenn ich dich lächeln seh. So froh geht nicht der Schnitter heim, wenn er die letzte Garb', in seine volle Scheune trägt, als ich, wenn ich von dir geküßt, in meine Hütte geh. So hat er gesungen.

Chloe. Ein schönes Lied! Aber Phillis, was sprach Alexis zum Körbchen?

Phillis. Ich muß lachen; Er saß am Sumpf im Weidenbusch, und indeß daß seine Finger die grünen und die braunen und die weissen Ruthen flochten, indeß - - -

Chloe. Nu denn, warum schweigst du?

Indeß, fuhr Phillis lachend fort, indeß, sprach er, du Körbchen, dich will ich Chloen schenken, der schönen Chloe, die so lieblich lächelt; Da sie gestern die Herde bey mir vorbey trieb, sey mir gegrüßt, Amyntas, sprach sie, und lächelte so freundlich, so freundlich, daß mir das Herz pochte. Schmiegt euch gehorsam, ihr bunten Ruthen, und zerbrechet nicht unter dem flechten; Ihr sollt dann an der liebsten Chloe Seite hangen. Ja! wenn sie es werth hält, o wenn sie es werth hielte! wenn sie es oft an ihrer Seite trüge! So sprach er, und indeß war das Körbchen gemacht, und da sprang er auf, und hüpfte, daß es ihm so wohl gelungen war.

Chloe. Ach! ich geh; dort hinter jenen Hügel treibt er seine Herde, ich will bey ihm vorbey gehn, sieh, will ich sagen, sieh Amyntas, ich habe dein Körbchen am Arm.

Tityrus. Menalkas.

Auf einem Hügel lag der Greis Menalkas, am mildern Sonnenstral, und sah durch die herbstliche Gegend hin, sanft staunend, als Tityrus, sein jüngster Sohn, unbemerkt schon lang an seiner Seite stund; voll sanften Entzükens seufzte der Greis, und der Sohn sah lang mit stiller Freude auf den Vater herunter; Vater, sprach er izt mit sanften Worten: Wie süß muß dein Entzüken seyn! Lange schon seh ichs, wie dein Blik die herbstliche Gegend durchwandelt, und höre dein Seufzen; Vater, gewähre mir izt eine Bitte.

Menalkas. Sage deine Bitte, mein Lieber! und seze dich an meine Seite, daß ich die Stirne dir küsse, und Tityrus sezte sich an seine Seite, und der Greis küßte zärtlich des Sohnes Stirne. Vater, so fuhr der Jüngling fort, mir erzehlte mein ältester Bruder; denn oft, wenn wir im Schatten bey der Herde sizen, dann reden wir von dir, und dann fliessen uns Thränen von den Augen, Freuden-Thränen. Er hat mir erzehlt, dich habe vordem die Gegend den besten Sänger genannt, und manche Ziege habest du im Wett-Gesang gewonnen. O wolltest du es versuchen, mir izt ein Lied zu singen, izt da die herbstliche Gegend dich entzükt; Gewähre mir Vater, gewähre mir diese Bitte.

Sanft lächelnd sprach izt Menalkas, ich will es versuchen, ob mich die Musen noch lieben, die so oft den Preis mir ersingen halfen, ich will ein Lied dir singen.

Izt durchlief sein Blik noch einmal die Gegend, und izt hub er an.

Höret mich Musen, höret mein heischeres Ruffen; im Frühling meiner Tage, habt ihr an rauschenden Bächen und in stillen Hainen nie unerhört mich gelassen; Laßt mir diß Lied gelingen, mir grauen Greisen!

Was für ein sanftes Entzüken fließt aus dir izt mir zu, herbstliche Gegend? Wie schmükt sich das sterbende Jahr! Gelb stehen die Sarbachen und die Weiden um die Teiche her, gelb stehn die Apfel- und die Birnen-Bäume, auf bunten Hügeln und auf der grünen Flur, vom feurigen Roth des Kirschbaums durchmischt. Der herbstliche Hain ist bunt, wie im Frühling die Wiese, wenn sie voll Blumen steht; Ein röthlichtes Gemisch zieht von dem Berg sich ins Thal, von immer grünen Tannen und Fichten geflekt. Schon rauschet gesunkenes Laub unter des Wandelnden Füssen, ernsthaft irren die Herden, auf welkem Blumen-losem Gras; nur steht die röthlichte Zeitlose da, der einsame Botte des Winters. Izt kommt die Ruhe des Winters, ihr Bäume, die ihr uns mild eure reifen Früchte gegeben, und kühlenden Schatten, dem Hirt und der Herde. O! so gehe keiner zur Ruhe des Grabes, er habe denn süsse Früchte getragen, und erquikenden Schatten über den Nothleidenden gestreut. Denn, Sohn, der Segen ruhet bey der Hütte des Redlichen und bey seiner Scheune. O Sohn! wer redlich ist, und auf die Götter traut, der wandelt nicht auf triegendem Sumpf. Wenn der Redliche opfert, dann steigt der Opfer-Rauch hoch zum Olymp, und die Götter hören segnend seinen Dank und sein Flehen. Ihm singet die Eule nicht banges Unglük, und die traurig krächzende Nacht-Rabe; er wohnet sicher und ruhig unter seinem friedlichen Dach, die freundlichen Haus-Götter sehen des Redlichen Geschäfte, und hören seine freundlichen Reden und segnen ihn. Zwar kommen trübe Tag' im Frühling, zwar kommen donnernde Wolken im Segen-vollen Sommer; Aber, Sohn, murre nicht, wenn Zeus unter deine Hand voll Tage, auch trübe Stunden mischt. Vergiß nicht meine Lehren, Sohn, ich gehe vor dir her zum Grabe. Schonet ihr Sturmwinde, schonet des herbstlichen Schmukes, laßt sanftere Winde spielend das sterbende Laub langsam den Bäumen rauben, so kann mich die bunte Gegend noch oft entzüken; vielleicht, wenn du wieder kömmst, schöner Herbst, vielleicht seh ich dich dann nicht mehr; welchem Baum entsinkt dann das sterbende Laub auf mein ruhiges Grab?

So sang der Greis, und Tityrus drükte weinend des Vaters Hand an seine Wangen.

Die Erfindung des Saitenspiels und des Gesanges.

In der ersten Jugend der Tage, da die wenigen Bedürfniße der Unschuld und die Natur unter den noch unverdorbenen Menschen die jungen Künste erzeugten, da lebt' ein Mädchen: In denselben Tagen war keines so schön, keines war so zärtlich gebildet, die Schönheiten der Natur zu empfinden; Freuden-Thränen begrüßten das Morgenroth und die schöne Gegend, und Entzüken das Abendroth und den Schimmer des Monds. Damals war der Gesang noch ein Regel-loses Jauchzen der Freude. So bald der frühe Hahn von der Hütte rief, daß der Morgen da sey; denn da hatten sie sich zur Freude schon gesellige Thiere mit Speise vor die Hütte gewöhnet; dann gieng sie unter ihrem schüzenden Dach hervor, ein Dach von Schilf und Tann-Ästen, an den Stämmen nahe stehender Bäume befestigt, da wohnte sie im Schatten, und über ihr, in den dichtbelaubten Ästen, die singenden Vögel. Sie gieng dann hinaus, die Gegend zu sehn, wie sie im Thau glänzt, und den Gesang der Vögel im nahen Hain zu behorchen. Entzükt saß sie dann da und horchte, und suchte ihren Gesang nachzulallen. Harmonischere Töne flossen izt von ihren Lippen, harmonischer, als noch kein Mädchen gesungen hatte; was ihre liebliche Stimme von eines jeden Gesang nachahmen konnte, ordnete sie verschieden zusammen. Ihr kleinen frohen Sänger, so sprach sie mit singenden Worten, wie lieblich tönt euer Lied, von hoher Bäume Wipfeln und aus dem niedern Strauch! Könnt ich dem glänzenden Morgen so lieblich wechselnde Tön' entgegen singen! O lehrt mich die wechselnden Töne, dann sing' ich mein sanftes Entzüken, mit euch, dem frühen Sonnen-Stral. So sang sie, und unvermerkt schmiegten ihre Worte sich harmonisch in süßtönendem Maaß nach ihrem Gesang; voll Entzüken bemerkte sie die neue Harmonie gemessener Worte. Wie glänzt der Gesang-volle Hain! so fuhr sie erstaunt fort, wie glänzt die Gegend umher im Thau! Wo bist du, der diß alles schuf? Wie bin ich entzükt! izt kann ich mit lieblichern Tönen dich loben, als meine Gespielen. So sang sie, und die Gegend behorchte entzükt die neue Harmonie, und die Vögel des Haines schwiegen und horchten.

Alle Morgen gieng sie izt, die neue Kunst zu üben, in den Hain; aber ein Jüngling hatte sie lange schon in dem Hain behorcht; entzükt stund er dann im dekenden Busch und seufzte und gieng tiefer in den Hain und sucht' ihr Lied nachzuahmen. Einsmals saß er staunend unter seinem Schilfdach, auf seinen Bogen gelehnt, denn er hatte die Kunst den Bogen zu führen erfunden, um die Raubvögel zu tödten, die seine Dauben ihm raubten, denen er auf dem nahen Stamm ein Haus von schlanken Weiden-Ästen geflochten hatte. Was ist das, so sprach er, das aus meinem Busen herauf seufzt, das so bang in meinem Herzen sizt? Zwar wechselt es ab, mit Entzüken und mit Freuden-Thränen, wenn ich das Mädchen im Hain sehe, und seinen Gesang höre, aber wenn sie weg ist, o dann, dann sizt Schwermuth in meinem Busen! Ach! was ist es, das aus meinem Busen herauf seufzt? Indeß spielte seine Hand mit der angespannten Saite des Bogens, und ein lieblicher Ton gieng von der Saite, und der Jüngling horchte und wiederholt' erstaunt den Ton. Dann staunt er, und dacht' eine neue Erfindung zu entwikeln tief nach, und dann spielt' er wieder mit der angespannten Saite des Bogens, von den Gedärmen der Raubvögel geflochten. Aber izt sprang er auf, und fieng an Stäbe zu schneiden, zween lange Stäbe und zween kürzere, und die zween kürzern befestigt' er unten und oben gegen die zween längern Stäbe, und spannte zwischen den zween längern, Saiten an die kürzern fest; izt hub seine Hand an zu spielen, und da bemerkt' er die liebliche Verschiedenheit der Töne, der schwächern und stärkern Saiten, dann band er sie wieder los und ordnete verschiednere Saiten, in eine harmonischere Reihe, und izt hub er an zu spielen und für Freude zu hüpfen.

Izt gieng der Jüngling, so oft der Morgen kam, die neue Kunst zu üben in den dichten Hain, und suchte zu den Liedern, die er von dem Mädchen im Hain gehorchet hatte, harmonisch begleitende Töne auf seinen Saiten. Aber man sagt, er habe lang umsonst gesucht, und viele Töne haben den Gesang nicht begleiten wollen, aber ein Gott sey im Hain ihm erschienen, und habe die Saiten der Leyer harmonisch geordnet und seine Lieder ihm vorgespielt. Bey jedem Morgenroth sucht' er izt das Mädchen im Hain, und lernte neue Lieder und gieng dann an die Quelle zurük, auf seiner Leyer sie nachzuspielen.

An einem schönen Morgen saß das Mädchen im Hain, mit Blumen bekränzt saß es da und sang; Sey gegrüßt liebliche Sonne hinter dem Berg hervor, schon beglänzen deine Stralen der Bäume Wipfel auf den hohen Hügeln, und der frohen Lerche hoch schwe-

bendes Gefieder. Dir singen die Vögel des Hains entgegen, und – –
Izt schwieg sie, und sah aufmerksam umher, welche liebliche Stimme mischet sich in meinen Gesang? So rief sie erstaunt, sie begleitet jeden Ton meines Gesanges! Wo bist du? – – Warum schweigest du Lied? Singe, liebliche Stimme! Bist du ein gefiederter Bewohner dieses Hains, o so schwinge die Flügel hieher auf diesen Fichtenbaum, daß ich dich sehe und deinen Gesang höre! so sprach sie, und sah weit in den Wipfeln umher; Bist du schüchtern weggeflogen? Oder – – diese Stimme hab ich noch nie im Hain gehört, wenn ich mich betrogen hätte? Mich täuscht doch kein Traum? Ich will noch ein Lied singen. Seyd willkommen, liebliche Blümchens umher; gestern waret ihr Knospen, izt stehet ihr offen da; euch grüssen die lieblichen Morgenlüfte, und die summenden Bienchen, und der bunte Schmetterling, er flattert froh um euch her, und trinket euern Thau? So sang sie, oft unterbrochen, rund umherspähend, denn die Stimme hatte den Gesang wieder begleitet.

Izt stund sie schüchtern auf; nein, ich habe mich nicht betrogen, jeden Ton hat die Stimme begleitet. So sprach sie, als der Jüngling aus dem Gebüsche hervor trat, mit Blumen bekränzt, die Leyer unter dem Arm. Lächelnd nahm er des schüchtern Mädchens Hand; O du schönes Mädchen! sprach sein sanftlächelnder Mund mit lieblicher Stimme, kein beflügelter Bewohner des Hains hat deinen Gesang nachgesungen; Ich war es, der deinen Gesang mit diesen Saiten begleitete. Alle Morgen gieng ich in den Hain, deinen Gesang zu hören, und dann gieng ich einsam tief in den Hain, die Lieder auf den Saiten zu singen, und glaube Mädchen, mich hats ein Gott im Hain gelehrt. Der flüchtige Blik des Mädchens streifte oft schüchtern über den Jüngling hin und ruhete dann auf den Saiten. O schönes Mädchen! fuhr der Jüngling fort, indem sein Auge schmachtend sie anblikte, wie wär ich entzükt, wenn du mir vergönntest, mit dir in den Hain zu gehn, an deiner Seite sizend, deinen Gesang mit diesen Saiten zu folgen! Izt sah das Mädchen auf. Jüngling, so sprach es, froh bin ich, wenn dein Saitenspiel meine Lieder begleitet; lieblicher wird es seyn als der Widerhall, und izt komm mit mir unter mein schattichtes Dach, denn die Mittags-Sonne brennet schon, ich will in meinem düstern Schatten süsse Früchte zum Mittagmahl dir auftischen, und frische süsse Milch.

Izt gieng der Jüngling mit dem Mädchen unter das Dach, und sie lehrten die Jünglinge und die Mädchens den Gesang und das Saitenspiel. Erst lange hernach ward es von der Flöte begleitet, denn Marsyas brachte die Flöte unter die Waldgötter, die die Erfinderin Minerva im gerechten Zorn über den Spott der Göttinen in den Sand warf.[3] Man pflanzte da zween Bäume auf einem hohen Hügel, dem Mädchen und dem Jüngling, und die späten Enkel erzehlten den Kindern in ihrem Schatten die Erfindung des Saitenspiels und des Gesanges.

---

[3] Minerva war die Erfinderin der Flöte. Einmal blies sie selbige vor den Göttinnen, aber sie lachten und spotteten, daß sie im Spielen den Mund so übel verzöge. Welche Schöne hätte den Schimpf nicht empfunden? Sie warf zornig die Flöte weg.

Der Faun.

Nein, für mich kein froher Tag! so rief der Faun, als er beym Morgenroth aus seinem Felsen taumelte. Seit mir die schönste Nymph' entfloh, haß' ich den Schein der Sonne; bis ich sie wieder finde, soll kein Epheu-Kranz um meine Hörner sich winden, soll keine Blume rings um meine Höle stehn; mein Fuß soll sie, noch ehe sie blühen, zertretten, und meine Flöte soll – – und diesen Krug soll er zertretten.

Izt zertrat sein Fuß, da kam ein andrer Faun, er hub den schweren Schlauch von seiner Schulter; Du rasest du, rief er, und lachte; heut, an dem frohen Tag, Lyeens Fest! Schnell wind' einen Epheu-Kranz um deine Hörner, und komme zu dem Fest, dem besten Tag im Jahr!

Nein für mich kein froher Tag, so sprach der Faun, ich schwöre! bis ich sie finde, soll kein Epheu-Kranz um meine Hörner sich winden. O! schwarze Stunde, da mir die Nymph entflohe! sie flohe bis an den Fluß, der ihren Lauf izt hemmte; unentschlossen stund sie da, ich bebte schon vor Freude, schon glaubt' ich das sträubende Mädchen mit starken Armen zu umfassen, als die Tritonen, o die verfluchten Räuber! sich aus dem Fluß erhoben, und die Nymph um ihre Hüften faßten, und dann, in die Hörner blasend, schnell mit ihr an das andere Ufer schwammen. Ich schwöre beym Stix! bis ich sie wieder finde, soll kein Kranz von Epheu um meine Hörner sich winden.

Und eine spröde Nymphe macht dir, so sagt der andre Faun, o ich muß lachen! und eine spröde Nymphe macht dir so trübe Tage! Mir, Faun, mir soll die Liebe nicht eine trübe Stunde machen, nein, keine trübe Stunde! versagt mir diese den Kuß, dann hüpf' ich zu der andern hin; ich schwör es dir, Faun! meine Lippen sollen keine Nymphe mehr küssen, wenn mich eine nur eine Stunde in ihren Armen behält, heut an dem frohen Fest; ich will sie alle lieben, alle will ich küssen. Kränke dich nicht, Faun! du bist noch jung und schön; schön ist dein braunes Gesicht, und wild dein grosses schwarzes Aug, und dein Haar kräußt sich schön um die krummen Hörner her; sie stehn aus den Loken empor, wie zwo Eichen aus dem wildesten Busch. Laß dich kränzen Faun, hier ist das schönste

Schoß, laß dich kränzen! Ich höre schon fernher ein wildes Geräusche von Tyrsus-Stäben und Trommeln und Flöten, büke dich her, das Geschrey kommt schon nahe; schon kommen sie hinter dem Hügel hervor; laß dich kränzen! Wie stolz die Tiger den Wagen ziehn! o Lyeus! sieh die Faunen, die Nymphen, wie sie hüpfen! welch ein Getöse von Tyrsus-Stäben und Klapper-Schaalen und Flöten! O Evan Evoe! du bist bekränzt, schnell hebe den Schlauch mir auf die Schulter; o Evan Evoe!

Der veste Vorsaz.

Wohin irret mein verwundeter Fuß, durch Dornen und dicht verwebete Sträuche? Himmel, welch scheuerndes Entzüken! Die röthlichten Stämme der Fichten, und die schlanken Stämme der Eichen steigen aus wildem Gebüsche hervor, und tragen ein trauriges Gewölb über mir; Welche Dunkelheit, welche Schwermuth zittert ihr von schwarzen Ästen auf mich! Hier will ich mich hinsezen, an den holen vermoderten Eichstamm, den ein Nez von Epheu umwikelt;, hier will ich mich hinsezen, wo kein menschlicher Fußtritt noch hingedrungen ist, wo niemand mich findt, als ein einsamer Vogel, oder die summenden Bienen, die im nahen Stamm ihr Honig sammeln, oder ein Zephir, der in der Wildniß erzogen, noch an keinem Busen geflattert hat. Oder du, sprudelnder Bach, wohin rauschest du, an den unterhöhlten Wurzeln und durch das wilde Gewebe von Gesträuchen? Ich will deinen Wellen folgen, vielleicht führest du mich ödern Gegenden zu; Himmel! welche Aussicht breitet sich vor meinem Aug aus! hier steh ich an dem Saum einer Felsenwand und seh ins niedere Thal; hier will ich mich auf das zerrissene überhangende Felsen-Stük sezen, wo der Bach stäubend in den dunkeln Tannenwald herunter sich stürzt, und rauschet, wie wenn es fernher donnert. Dürres Gesträuch hängt von dem Felsen-Stük traurig herunter, wie das wilde Haar über die Menschenfeindliche Stirne des Timons hängt, der noch kein Mädchen geküßt hat. Ich will in das Thal hinunter steigen, und mit traurig irrendem Fuß da wandeln, ich will an dem Fluß wandeln, der durch das Thal schleicht. Sey mir gegrüßt einsames Thal, und du Fluß, und du schwarzer Wald; hier auf deinem Sand, o Ufer, will ich izt irren; einsiedlerisch will ich in deinem Schatten ruhen, melancholischer Wald; Leb izt wohl Amor, dein Pfeil wird mich hier nicht finden, ich will nicht mehr lieben, und in einsamer Gegend weise seyn; Lebe wohl, du braunes Mädchen, das mit schwarzen Augen mir das Gift der Liebe in mein bisher unverwahrtes Herze geblizet hat; Lebe wohl, noch gestern hüpftest du froh im weissen Sommer-Kleid um mich her, wie die Wellen hier im Sonnen-Licht hüpfen; und du blondes Mädchen lebe wohl! dein schmachtender Blik – – ach! zu sehr, zu sehr hast du mein Herze bemeistert, und dein schwellender Busen – – ach! ich förchte, ich werd ihn hier oft in einsamen traurigen Betrachtungen sehen und seufzen! Lebe wohl, majestätische Melinde, mit dem ernsten Gesicht wie Pallas und mit dem majestätischen Gang, und du kleine Chloe, die du muthwillig nach meinen Lippen aufhüpftest und mich küßtest; in diese Gegenden will ich izt fliehen, und in ernsten Betrachtungen unter diesen Fichten mich lagern, und die Liebe verlachen; in melancholischen Gängen von Laub will ich irren, und – – Aber – – Himmel! was entdeket mein Aug am Ufer im Sand! ich zittre, ach – – der Fußtritt eines Mädchens; ach, wie klein, wie nett ist der Fuß! – – ernste Betrachtung! Melancholie! ach wo seyd ihr? – – wie schön war ihr Gang! ich folg ihr – – Ach Mädchen, ich eile ich folge deiner Spur! ach! wenn ich dich fände, in meinen Arm würd ich dich drüken, und dich küssen! Flieh nicht mein Kind, will ich sagen, oder flieh wie die Rose flieht, wenn ein Zephir sie küßt, sie biegt sich vor ihm weg, und kömmt lächelnder zu seinen Küssen zurük.

Der Frühling.

Welche Symphonie, welch heilig Entzüken, jagt mir den gaukelnden Morgen-Traum weg? Ich seh! o himmlische Freude, ich seh dich
lachenden Jüngling, dich Lenzen! Aurora im Purpur-Gewand, führt
dich im Osten herauf, der frohe Scherz, das laute Gelächter, und
Amor, schon lächelt er hin nach den Büschen und Fluren, den künf-
tigen Siegen entgegen, und schwinget den scharfgespanneten Bogen, und schüttelt den Köcher; auch die Gratien mit umschlunge-
nen Armen begleiten dich, frölicher Lenz. Auf den röthlichsten
Stralen der Morgen-Sonne kömmt ihr daher, die Vögel schwärmen
froh in dem röthlichten Sonnen-Stral, euch mit Gesängen einzuho-
len. Voll Ungeduld drängen sich die jungen Rosen aus der Knospe,
jede will die erste mit offener Schoos und lieblichen Gerüchen dir
entgegen lachen. Die Zephirs verkündigen euch gaukelnd, sie hüpfen vom Hügel ins Thal, und schwärmen durch Büsche und Wälder,
und lachen schalkhaft, wenn sie die Orter vorbeyhüpfen, wo sie
dem liebenden Schäfer die horchende Spröde im Busche verrathen,
oder schalkhaft beym Reihen-Tanz die hüpfenden Mädchens
schamroth gemacht. Sie hüpfen zerstreut durch Gebüsche und
Wälder, und lispeln den schlafenden Nymphen und den Faunen in
den Grotten eure Ankunft zu, sie springen taumelnd hervor, die
geißfüssigten Satyren und die Faunen, und rufen den frölichen
Nymphen mit frohem Geschrey, und mit der vielröhrichten Pfeiffe.
Die Nymphen der Bäche öfnen ihre Krüge wieder, die sie im Winter
verschlossen, und giessen sprudelnde Bäche zwischen Bäumen
unter grünen Gewölben von Ästen hervor, oder von büschichten
Hügeln herunter, in manchem rauschenden Fall; sie schlängeln sich
durch Fluren, und sammeln sich in Büschen und Hainen zu glatten
Seen, und umfassen da oft die zarten Glieder badender Mädchen.

Komm Lenz, komm Stifter der Freude! Du herrschetest Lenz, als
unser wankendes Schiff, ihr Brüder, die glatte See durchschwamm;
eine Schaar silberner Wellen umhüpfte uns, frohe Zephirs gaukelten
mit ihnen, und jagten sie um das Schiff her, wenn sie muthwillig an
selbigem aufhüpften und klatschten; sie jagten sie vom Schiff ans
schattichte Ufer, wo der Wiederhall uns nachlachte; sie flohen in
den winkenden Schilf, und hüpften dann wieder ans Schiff; da
kröntet ihr mich, Brüder, mit Rebschossen am Ufer zum König, da

war Freud und Entzüken in unsrer Mitte. Auch da herrschte der Lenz, ihr Brüder, als wir auf jenes Berges erhabenem Rüken, eine Hütte von grünen Zweigen uns bauten, in deren Schatten wir, ins Grüne gestreket, tranken und uns umarmend frohe Lieder sangen; die Waldgötter behorchten uns, und sangen leise die Lieder uns nach. Izt singen sie die Lieder in den Hainen und Klüften des Bergs, beym Tanz und beym vollen Krug.

Eile, o Lenz! beblüme die Triften, und beraube den Wald, das Gebüsch und die Lauben. Bacchus und Silen und sein Gefolge lachen dir entgegen, denn wo lachet man froher als im grünen Schatten der Lauben? Amor besucht ihn oft den frölichen Bacchus, im kühlen Schatten der Lauben, auch die Musen besuchen ihn, denn er liebet Gesänge. Bacchus singt dann und erzehlt, und lacht, daß das Reblaub, das umkränzend sein halbes Gesichte beschattet, aufhüpft. Er erzehlt bey voller Schaale seine Reisen durch das entfernte Indien, und wie er die braunen Nationen besiegt, und wie er im Raub-Schiff als Kind die Räuber in Delphine verwandelt, und Reben und Epheu um Mastbaum und Ruder sich winden und süssen Wein habe sprizen lassen; dann leert er die Schaale, und lacht und erzehlet wieder, wie er die Rosen geschaffen. Ich wollt eine junge Nymphe umfassen, so sagt er, das Mädchen flog mit leichten Füssen über die Blumen weg, und lachte schalkhaft zurük, wenn es mit unsicherm Fuß mich hinter sich her taumeln sah; ich hätte beym Stix das Mädchen nicht erreicht, wenn nicht ein zakichter Dornbusch sich in sein fliegend Gewand gewikelt hätte, ich lief froh zu dem Mädchen hin, und klatscht ihm freundlich die Wangen, und sagte, Mädchen sey nicht so blöde, ich bin Bacchus, der Gott des Weins und der Freude, der ewige Jüngling; da ließ sich das Mädchen voll Ehrfurcht küssen. Da belohnt ich den Dornbusch, ich berührt ihn mit meinem Stab, und hieß Blumen wachsen, so lieblich roth, als des Mädchens Wangen da es sich schämte; da wuchsen die Rosen.

Pan lähnt sich auf das mosichte Polster, und legt aufmerksam sein Haupt, mit Tannreisern bekränzt, auf den unterstüzenden Arm; du warst glüklicher, Bacchus, als ich, da ich die Sirinx verfolgte; da hast du mich heftig verwundet, so sagt er zum Amor, der jezt des Streiches noch lachet, sie ward in Rohre verwandelt; dann sieht er traurig nach der siebenröhrichten Pfeife, dann nach dem Becher, und trinkt den Gram weit von sich. Auch Amor erzehlt seine Siege, und wie er die Spröden gebändigt. Ach wie entzükt werd ich seyn, braunes Mädchen, wenn er einst von dir ein Sieges-Lied singt!

Als ich Daphnen auf dem Spaziergang erwartete.

Sie kömmt noch nicht, die schöne Daphne! hier will ich ins Gras mich hinlegen und sie erwarten, hier an der Quelle. Indeß will ich die Gegend umher betrachten, und mein Verlangen täuschen. Du hoher schwarzer Tannen-Hain, der du die Pfeil-geraden röthlichen Stämme dicht und hoch durch deinen dunkeln Schatten empor hebst, hohe schlanke Eichen, und du Fluß, der du mit majestätischem Silberglanz hinter jenen grauen Bergen hervor rauschest, nicht euch will ich izt sehen, izt sey das Gras um mich her meine Gegend. Wie sanft rieselst du vorüber, kleine Quelle, durch die Wasser-Kressen, und durch die Bachbungen, die ihre blauen Blumen empor tragen; du schwingest kleine funkelnde Ringe um ihre Stämme her und machest sie wanken; von beyden Ufern steht das fette Gras mit Blumen vermischt, sie biegen sich herüber, und dein klares Wasser fließt durch ihr buntes Gewölb und glänzet im vielfärbichten Wiederschein. Ich will izt durch den kleinen Hain des wankenden Grases hinsehn; wie glänzet das manigfaltige Grün, von der Sonne beschienen! sie streuen schwebende Schatten eins auf das andere hin; schlanke Kräuter durchirren das Gras mit zarten Ästen und manigfaltigem Laub, oder sie steigen darüber empor, und tragen wankende Blumen. Aber du blaue Viole, du Bild des Weisen, du stehst bescheiden niedrig im Gras, und streust Gerüche umher, indeß daß Geruchlose Blumen hoch über das Gras empor stehn, und pralerisch winken. Fliegende Würmchens verfolgen sich unten im Gras, bald verliert sie mein Aug im grünen Schatten, dann schwärmen sie wieder im Sonnenschein, oder sie fliegen zu Scharen empor und tanzen höher in der glänzenden Luft.

Welch eine bunte Blume wieget sich dort an der Quelle? So schön und glänzend von Farbe – – doch nein! angenehmer Betrug! ein Schmetterling flieget empor, und läßt das wankende Gräschen zurük. Izt rauscht ein Würmchen, schwarz beharnischt auf glänzend rothen Flügeln vorbey, und sezt sich, zu seinem Gatten vielleicht, auf die nahe Gloken-Blume. Rausche sanft, du rieselnde Quelle, erschüttert nicht die Blumen und das Gras ihr Zephirs! Trieg ich mich? oder hör ich den zartesten Gesang? Ja sie singen, aber unser Ohr ist zu stumpf, das feine Concert zu vernehmen, so wie unser Auge, die zarten Züge der Bildung zu sehn. Was für ein liebliches

Sumsen schwärmt um mich her? Warum wanken die Blumen so? Ein Schwarm kleiner Bienen ists; sie flogen frölich aus, aus ihrer fernen Wohnstadt, und zerstreuten sich auf den Fluren und in den fernen Gärten; aufmerksam wählend sammeln sie die gelbe Beute, und kehren zurük ihren Staat zu mehren, jede mit dem gleichen Bestreben, da ist kein müssiger Bürger; sie schwärmen umher, von Blume zu Blume, und verbergen nachsuchend die kleinen haarichten Häupter in den Kelchen der Blumen, oder sie graben sich mühsam hinein, in die noch nicht offenen Blumen, die Blume schliesset sich wieder, und verbirgt den kleinen Räuber, der die Schäze ihr raubt, die sie vielleicht erst Morgen, der kommenden Sonne und dem glänzenden Thau entfaltet hätte.

Dort auf die hohe Klee-Blume sezt sich ein kleiner Schmetterling, er schwingt seine bunten Flügel; auf ihrem glänzenden Silber stehn kleine purpurne Fleken, und ein goldner Saum verliert sich am End der Flügel ins Grüne; Da sizt er prächtig und puzt den kleinen Busch der silbernen Federn auf seinem kleinen Haupt. Schöner Schmetterling! biege die Blume zum Bach hin, und sieh da deine schöne Gestalt; dann gleichst du der schönen Belinde, die beym Spiegel vergißt, daß sie mehr als Schmetterling seyn sollte; ihr Kleid ist nicht so schön wie deine Flügel, aber Gedanken-los ist sie wie du.

Was vor ein wildes Spiel hebt ihr izt an, kleine Zephirs? Sich haschend wälzen sie sich durch das Gras hin, wie ein sanfter Wind auf einem Teich, Wellen vor sich her jagt, so durchwühlen sie das rauschende Gras, die kleinen bunten Bewohner fliegen empor und sehen in die Verwüstung hinunter, izt ruhen sie wieder die Zephirs, und das Gras und die Blumen winken sie freundlich zurük.

Aber, o! könnt ich mich izt verbergen! Bedeket mich ihr Blumen! Dort geht der junge Hyacinthus vorüber, im schönen goldnen Kleid; er eilt durchs verächtliche Gras, neben der Natur hin, und pfeift; sie mag ihn anlächeln, für ihn ist das eine zu alte Schöne; er eilt zu Fräulein Henrietten, wo die schöne Welt beym Spiel-Tisch sich sammelt; da wird sein Kleid Augen von feinerm Geschmak besser entzüken, als ein glühendes Abendroth. Wie wird er lachen, wenn er mich sieht, fern von der feinen Welt bey den Würmern im Gras kriechen! Aber verzeihen sie, Hyacintus, wenn ich so tumm bin,

ihrem schönen Gang und dem Glanz ihres Kleides nicht nachzu-
sehn, denn hier an diesem Gräschen läuft ein Würmchen empor,
seine Flügel sind grünlichtes Gold, und wechseln prächtig die hellen Farben des Regenbogens. Verzeihen sie Hyacintus, verzeihen sie
der Natur, die einem Wurm ein schöner Kleid gab, als keine Kunst
ihnen liefern kan, ihnen der doch so ausnehmenden Wiz hat, Ge-
wissen und Religion dem tummen Pöbel zu überlassen.

Aber izt kömmt sie, die schöne Daphne! ich eil izt an ihre Seite,
ihr Blumen, und ihr, ihr kleinen Bewohner; aber noch oft sollt ihr
mir das sanfte Entzüken gewähren, das Entzüken, auch in der
kleinsten Verzierung der Natur die Harmonie mit der Schönheit
und dem Nuzen ins Unendliche hin in unauflöslicher Umarmung
zusehn. Sie kömmt, sie ist schon nahe, die schöne Daphne; wie ihr
leichtes grünes Gewand flattert! Wie lächelt ihr Mund, wie schön ist
ihr Aug! Aber sie würden für mich nicht schön seyn, verriethen sie
nicht die schöndenkende Seele und das edelste Herz.

Der Wunsch.

Dürft' ich vom Schiksal die Erfüllung meines einigen Wunsches hoffen; denn sonst sind meine Wünsche Träume, ich wache auf und weiß nicht, daß ich geträumt habe, es sey denn ein Wunsch für andrer Glük; dürft' ich vom Schiksal dieses hoffen, dann wünscht ich mir nicht Überfluß, auch nicht über Brüder zu herrschen, nicht daß entfernte Länder meinen Namen nennen. O könnt' ich unbekannt und still, fern vom Getümmel der Stadt, wo dem Redlichen unausweichliche Fallstrike gewebt sind, wo Sitten und Verhältnisse tausend Thorheiten adeln, könnt' ich in einsamer Gegend mein Leben ruhig wandeln, im kleinen Landhaus, beym ländlichen Garten, unbeneidet und unbemerkt!

Im grünen Schatten wölbender Nußbäume stünde dann mein einsames Haus, vor dessen Fenstern kühle Winde und Schatten und sanfte Ruhe unter dem grünen Gewölbe der Bäume wohnen; vor dem friedlichen Eingang einen kleinen Plaz eingezäunt, in dem eine kühle Brunn-Quelle unter dem Traubengeländer rauschet, an deren abfliessendem Wasser die Ente mit ihren Jungen spielte, oder die sanften Dauben vom beschatteten Dach herunter flögen, und nikend im Gras wandelten, indeß daß der majestätische Hahn seine gluchzenden Hennen im Hof umher führt; sie würden dann auf mein bekanntes Loken herbey flattern, ans Fenster, und mit schmeichelndem Gewimmel Speise von ihrem Herren fordern.

Auf den nahen Schatten-reichen Bäumen, würden die Vögel in ungestöhrter Freyheit wohnen, und von einem Baum zum andern nachbarlich sich zurufen und singen. In der einen Eke des kleinen Hofes sollen dann die geflochtenen Hütten der Bienen stehn, denn ihr nüzlicher Staat ist ein liebliches Schauspiel; gerne würden sie in meinem Anger wohnen, wenn wahr ist, was der Landmann sagt, daß sie nur da wohnen, wo Fried und Ruhe in der Wirthschaft herrscht. Hinten am Hause sey mein geraumer Garten, wo einfältige Kunst, den angenehmen Phantasien der Natur mit gehorsamer Hülfe beysteht, nicht aufrührisch sie zum dienstbaren Stoff sich macht, in groteske Bilder sie zu schaffen. Wände von Nußstrauch umzäumen ihn, und in jeder Eke steht eine grüne Hütte von wilden Rosinen; dahin würd ich oft den Stralen der Sonn' entweichen, oder sehen, wie der braune Gärtner die Beeten umgräbt, um schmakhafte Garten-Gewächse zu säen; Oft würd ich die Schaufel aus der Hand ihm nehmen, durch seinen Fleiß zur Arbeit gelokt, um selbst umzugraben, indeß daß er neben mir stühnde, der wenigern Kräfte lächelnd; oder ich hülf ihm die flatternden Gewächse an Stäben aufbinden, oder der Rosen-Stauden warten und der zerstreuten Nelken und Lilien.

Aussen am Garten müßt' ein klarer Bach meine Grasreiche Wiese durchschlängeln; er schlängelte sich dann durch den schattichten Hain fruchtbarer Bäume, von jungen zarten Stämmen durchmischet, die mein sorgsamer Fleiß selbst bewachete. Ich würd ihn in der Mitte zu einem kleinen Teich sich sammeln lassen, und in des Teiches Mitte baut' ich eine Laube auf eine kleine aufgeworfene Insel; zöge sich dann noch ein kleiner Reb-Berg an der Seite in die offene Gegend hinaus, und ein kleines Feld mit winkenden Ähren, wäre der reichste König dann gegen mir beneidens werth?

Aber fern sey meine Hütte von dem Landhaus, das Dorantes bewohnt, ununterbrochen in Gesellschaft zu seyn. Bey ihm lernt man, daß Frankreich gewiß nicht kriegen wird, und was Mops thäte, wenn er König der Britten wäre, und bey wohlbedekter Tafel werden die Wissenschaften beurtheilt, und die Fehler unsers Staats, indeß daß majestätischer Anstand vor der leeren Stirne schwebt. Weit von Oronten weg sey meine einsame Wohnung; fernher sammelt sich Wein in seinen Keller, die Natur ist ihm nur schön, weil niedliche Bissen für ihn in der Luft fliegen, oder den Hain durchirren, oder in der Flut schwimmen. Er eilt auf das Land um ungestöhrt rasen zu können; wie bang ist man in den verfluchten Mauern, wo der tumme Nachbar jede That bemerkt! Dir begegne nie, daß ein einsamer Tag bey dir allein dich lasse, eine unleidliche Gesellschaft für dich, vielleicht entwischt dir ein schauernder Blik in dich selbst. Aber nein, gepeinigte Pferde bringen dir schnaubend ihre unwürdigen Lasten, sie springen fluchend von dem unschuldigen Thier; Tumult und Unsinn und rasender Wiz begleiten die Gesellschaft zur Tafel, und ein ohnmächtiger Rausch endet die tobende Scene. Noch weiter von dir, hagrer Harpax, dessen Thüre hagre Hunde bewachen, die hungernd dem ungestühm abgewiesenen Armen das bethränte Brod rauben. Weit umher ist der arme Landmann dein gepeinigter Schuldner; nur selten steigt der dünne

Rauch von deinem umgestürzten Schorstein auf, denn solltest du nicht hungern, da du deinen Reichthum dem weinenden Armen raubest!

Aber wohin reißt mich ungestümer Verdruß? Kommt zurük, angenehme Bilder, kommt zurük und heitert mein Gemüth auf; führet mich wieder dahin, wo mein kleines Landhaus steht. Der fromme Landmann sey mein Nachbar, in seiner braunen beschatteten Hütte; liebreiche Hülfe und freundschaftlicher Rath machen dann einen dem andern zum freundlich lächelnden Nachbar; denn, was ist seliger als geliebet zu seyn, als der frohe Gruß des Manns, dem wir Gutes gethan? Wenn den, der in der Stadt wohnet, unruhiges Getümmel aus dem Schlummer wekt, wenn die nachbarliche Mauer der Morgen-Sonne liebliche Blike verwehrt, und die schöne Scene des Morgens seinem eingekerkerten Blik nicht vergönnt ist, dann würd' eine sanfte Morgen-Luft mich weken und die frohen Concerte der Vögel. Dann flög' ich aus meiner Ruhe, und gieng' Auroren entgegen, auf blumichte Wiesen, oder auf die nahen Hügel, und säng' entzükt frohe Lieder vom Hügel herunter. Denn, was entzüket mehr als die schöne Natur, wenn sie in harmonischer Unordnung ihre unendlich manigfaltigen Schönheiten verwindet? Zukühner Mensch! was unterwindest du dich die Natur durch weither nachahmende Künste zu schmüken? Baue Labyrinte von grünen Wänden, und laß den gespizten Taxus in abgemessener Weite empor stehn, die Gänge seyen reiner Sand, daß kein Gesträuchgen den wandelnden Fußtritt verwirre; mir gefällt die ländliche Wiese und der verwilderte Hain, ihre Manigfaltigkeit und Verwirrung hat die Natur nach geheimern Regeln der Harmonie und der Schönheit geordnet, die unsere Seele voll sanften Entzükens empfindt.

Oft würd' ich bey sanftem Mondschein bis zur Mitternacht wandeln, in einsamen frohen Betrachtungen, über den harmonischen Weltbau, wenn unzählbare Welten und Sonnen über mir leuchten.

Auch besucht' ich den Landmann, wenn er beym Furchenziehen den Pflug singt, oder die frohen Reihen der Schnitter, wenn sie ihre ländlichen Lieder singen, und hörte ihre frohen Geschichtchens und ihren muntern Scherz; oder wenn der Herbst kommt, und die Bäume bunt färbet, dann würd' ich die Gesang-vollen Wein-Hügel besuchen, wenn die Mädchens und die Jünglinge im Rebenhain lachen, und die reifen Trauben sammeln. Wenn der Reichthum des Herbstes gesammelt ist, dann gehen sie jauchzend zu der Hütte zurük, wo der Kelter lautes Knarren weit umher tönt; sie sammeln sich in der Hütte, wo ein frohes Mahl sie erwartet. Der erste Hunger ist gestillet, izt kommt der ländliche Scherz und das laute Lachen, indeß daß der freundliche Wirth die Weinflaschen wieder auffüllt und zur Freude sie aufmahnet. Kunz erzehlt izt, wie er grosse Reisen gethan hat, bis weit in Schwaben hinaus, und wie er Häuser gesehen, noch grösser und schöner als die Kirch im Dorf, und wie einen Herren sechs schöne Rosse in einem gläsernen Wagen gezogen haben, schöner als das beste das der Müller im Thal hat, und wie die Bauern da mit grünen Spizen-Hüten gehn. So erzehlt' er vieles, indeß daß der junge Knecht, aufmerksam den offenen Mund auf die unterstüzende Hand gelehnet, bald vergessen hätte, daß sein Mädchen an seiner Seite sizt, hätte sie ihn nicht lachend in die Wange gekneipt. Dann erzehlt Hans, wie seinen Nachbar ein Irrwisch verfolgt hat, und wie er ihm auf den Korb gesessen, er hätt' ihn bis unter die Dachrinne verfolgt, wenn er nicht eins geschworen hätte. Aber izt gehen sie aus der Hütte, um beym Mondschein zu tanzen, bis die Mitternacht sie zur Ruhe ruft.

Wenn aber trübe Tage mit frostigem Regen, oder der herbe Winter, oder die schwüle Hize des Sommers den Spaziergang mir verböten, dann würd ich ins einsame Zimmer mich schliessen; mich unterhielte da die edelste Gesellschaft, der Stolz und die Ehr' eines jeden Jahrhunderts, die grossen Geister, die ihre Weisheit in lehrende Bücher ausgegossen haben; edle Gesellschaft, die unsre Seele zu ihrer Würd' erhebt! Der lehrte mich die Sitten ferner Nationen, und die Wunder der Natur in fernen Welt-Theilen: Der dekt mir die Geheimnisse der Natur auf, und führt mich in ihre geheime Werkstatt, der würde mich die Öconomie ganzer Nationen lehren und ihre Geschichte, die Schand und die Ehre des Menschen-Geschlechts. Der lehrt mich die Grösse und die Bestimmung unsrer Seele, und die Reiz-volle Tugend; um mich her stünden die Weisen und die Sänger des Alterthums; ihr Pfad ist der Pfad zum wahren Schönen, aber nur wenige wagen sich hin, das blöde Haupt macht tausende schwindlicht zurük gehn, auf eine leichtere Bahn voll Flittergold und geruchloser Blumen. Soll ich die wenigen nennen? Du schöpfrischer Klopstok, und du Bodmer, der du mit Breitingern die Fakel der Critik aufgesteket hast, denen Irrlichtern entgegen, die in Sümpfe oder dürre Einöden verführten. Und du Wieland, (oft besucht deine Muse ihre Schwester, die ernste Welt-Weisheit, und holt erhabenen Stoff, aus ihren geheimesten Kammern, und bildet ihn zu reizenden Gratien,) oft sollen eure Lieder in heiliges Entzüken mich hinreissen; Auch du mahlerischer von Kleist, sanft entzükt mich dein Lied, wie ein helles Abendroth, zu frieden ist dann mein Herz, und still, wie die Gegend beym Schimmer des Monds; auch du Gleim, wenn du die lächelnden Empfindungen unsers Herzens singest und unschuldigen Scherz, – – Doch soll ich euch alle nennen ihr wenigen? die verwöhnte Nation mißkennt euern Werth, euch zu schäzen ist einer bessern Nachwelt vorbehalten.

Auch ich schriebe dann oft die Lieder hin, die ich auf einsamen Spaziergängen gedacht, im dunkeln Hain, oder beym rauschenden Wasserfall, oder im Trauben-Geländer beym Schimmer des Monds. Oder ich sähe im Kupferstich, wie grosse Künstler die Natur nachgeahmt haben, oder ich versucht' es selbst, ihre schönen Auftritte auf dem gespanneten Tuch nachzuschaffen.

Zuweilen störte mich ein lautes Klopfen vor meiner Thüre, wie entzükt wär ich, wenn ein Freund beym Eröfnen in die offenen Arme mir eilte; oft fänd' ich sie auch, wenn ich vom Spaziergang zurük, der einsamen Hütte mich näherte, einzeln oder in Truppen mir entgegen grüssen; gesellschaftlich würden wir dann die schönsten Gegenden durchirren, nicht mürrisch ernsthafte Gespräche mit freundlichem Scherz gemischt, machten uns die Stunden vorbey hüpfen, Hunger würde die Kost uns würzen, die mein Garten mir gäbe, und der Teich und mein belebter Hof; Wir fänden sie bey der Rükkunft unter einem Trauben-Geländer, oder in der schattichten Hütte im Garten aufgetischet; oft auch sässen wir beym Mondschein in der Laube beym bescheidenen Kelchglas, bey frohen Liedern und munterm Scherz, es wäre denn, daß der Nachtigal melancholisches Lied uns aufmerken hiesse.

Aber, was träum' ich? Zu lang, zu lang schon hat meine Phantasie dich verfolgt, dich, eitelen Traum! Eiteler Wunsch! nie werd' ich deine Erfüllung sehen. Immer ist der Mensch unzufrieden, wir sehen weit hinaus auf frömde Gefilde von Glük, aber Labyrinte versperren den Zugang, und dann seufzen wir hin, und vergessen das

Gute zu bemerken, das jedem auf der angewiesenen Bahn des Lebens beschehrt ist. Unser wahres Glük ist die Tugend. Der ist ein Weiser, und glüklich, der willig die Stell' ausfüllt, die der Baumeister, der den Plan des ganzen denkt, ihm bestimmt hat. Ja du, göttliche Tugend, du bist unser Glük, du streust Freud' und Seligkeit in jedem Stand auf unsre Tage. O wen soll ich beneiden, wenn ich durch dich beglükt die Laufbahn meines Lebens vollende? dann sterb' ich froh, von Edeln beweint, die mich um deinetwillen liebten, von euch beweint ihr Freunde. Wenn ihr beym Hügel meines Grabes vorbey geht, dann drüket euch die Hand, dann umarmet euch; Hier ligt sein Staub, sagt ihr, des Redlichen, aber Gott belohnt seine Bemühung glüklich zu seyn, izt mit ewigem Glük; bald aber wird unser Staub auch da ligen, und dann geniessen wir mit ihm das ewige Glük; und du, geliebte Freundin! wann du beym Hügel meines Grabes vorüber gehest, wann die Maaßlieben und die Ringelblumen von meinem Grabe dir winken, dann steig eine Thräne dir ins Auge, und ists den Seligen vergönnt, die Gegend, die wir bewohnt, und die stillen Haine zu besuchen, wo wir oft in seligen Stunden unsrer Seele grosse Bestimmung dachten, und unsre Freunde zu umduften, dann wird meine Seele dich oft umschweben, oft, wenn du voll edler hoher Empfindung einsam nachdenkest, wird ein sanftes Wehen deine Wangen berühren; dann gehe ein sanftes Schauern durch deine Seele!

Über tredition

Eigenes Buch veröffentlichen

tredition wurde 2006 in Hamburg gegründet und hat seither mehrere tausend Buchtitel veröffentlicht. Autoren veröffentlichen in wenigen leichten Schritten gedruckte Bücher, e-Books und audio-Books. tredition hat das Ziel, die beste und fairste Veröffentlichungsmöglichkeit für Autoren zu bieten.

tredition wurde mit der Erkenntnis gegründet, dass nur etwa jedes 200. bei Verlagen eingereichte Manuskript veröffentlicht wird. Dabei hat jedes Buch seinen Markt, also seine Leser. tredition sorgt dafür, dass für jedes Buch die Leserschaft auch erreicht wird.

Im einzigartigen Literatur-Netzwerk von tredition bieten zahlreiche Literatur-Partner (das sind Lektoren, Übersetzer, Hörbuchsprecher und Illustratoren) ihre Dienstleistung an, um Manuskripte zu verbessern oder die Vielfalt zu erhöhen. Autoren vereinbaren direkt mit den Literatur-Partnern die Konditionen ihrer Zusammenarbeit und partizipieren gemeinsam am Erfolg des Buches.

Das gesamte Verlagsprogramm von tredition ist bei allen stationären Buchhandlungen und Online-Buchhändlern wie z. B. Amazon erhältlich. e-Books stehen bei den führenden Online-Portalen (z. B. iBookstore von Apple oder Kindle von Amazon) zum Verkauf.

Einfach leicht ein Buch veröffentlichen: **www.tredition.de**

Eigene Buchreihe oder eigenen Verlag gründen

Seit 2009 bietet tredition sein Verlagskonzept auch als sogenanntes "White-Label" an. Das bedeutet, dass andere Unternehmen, Institutionen und Personen risikofrei und unkompliziert selbst zum Herausgeber von Büchern und Buchreihen unter eigener Marke werden können. tredition übernimmt dabei das komplette Herstellungs- und Distributionsrisiko.

Zahlreiche Zeitschriften-, Zeitungs- und Buchverlage, Universitäten, Forschungseinrichtungen u.v.m. nutzen diese Dienstleistung von tredition, um unter eigener Marke ohne Risiko Bücher zu verlegen.

Alle Informationen im Internet: **www.tredition.de/fuer-verlage**

tredition wurde mit mehreren Innovationspreisen ausgezeichnet, u. a. mit dem Webfuture Award und dem Innovationspreis der Buch Digitale.

tredition ist Mitglied im Börsenverein des Deutschen Buchhandels.

Dieses Werk elektronisch lesen

Dieses Werk ist Teil der Gutenberg-DE Edition DVD. Diese enthält das komplette Archiv des Projekt Gutenberg-DE. Die DVD ist im Internet erhältlich auf **http://gutenbergshop.abc.de**

Zeitfracht Medien GmbH
Ferdinand-Jühlke-Straße 7
99095 Erfurt, Deutschland
produktsicherheit@kolibri360.de